叮咚！您的包裹請簽收

北府店小二・著
六百一・繪

【各界名家推薦】

北府店小二陳冠妤，是我在華視教育訓練中心44期的學生。我有習慣在開班的時候，要學生逐一自我介紹。

我是文化大學文藝組的學生，我不知道我的同學們天天在忙些什麼，可是我覺得我們什麼都沒做，就是廢在那裡。

坐在後座沉靜的店小二，一張口，那凌厲的氣勢，哪是店小二的範兒。話語頹喪，但氣勢卻很大，然而說到自己將要寫的校園故事的劇本，卻是如此的生動。看她在鏡文學發表的小說，就是校園青年，有了陰陽眼，替黑白無常辦案的故事，故事層次分明，構思新穎。

那天接到冠妤來電告知，她的新作《叮咚！您的包裹請簽收》即將付梓，第一直覺，這是一個以鬼包裝的故事，果不其然，快遞青年孫莫凡受託，屁股長頭上小姐，這個不知是人是鬼的女顧客，送貨至廢墟。

懸疑詭譎的寒意，直直逼來。案連案，孫莫凡捲入了一齣沒有劇本的舞台劇，精彩連連，創意不斷，繼而又發展出，一個駭人聽聞的謀殺案。

冠妤的文字簡潔有力，再度顯示其想像力豐富，令人猜不著的情節。「合乎情理，出乎意料」——她掌握了說故事的重要八字真言。

店小二，儘管妳在言語上，極盡耍廢之能事，而在妳的行動上，卻如此的生猛有力，文字飛躍。

冠妤別再說妳的世代，是廢在那兒的，妳那包裝式的廢言，會讓人誤判。其實你們的思想在飛翔，不但如此，妳具體的表現出來了，我相信妳的同輩也會用不同的方式，展現出這一代孩子們的才華。

店小二，妳是被看好、被期待的，加油，繼續手搭擦桌方巾，我相信妳會繼續端出一道道讓人驚豔的佳餚。

——陸玉清（資深編劇／華視教育中心策劃講師）

第一次注意到北府店小二的作品，是在學校的寫作課上。

那是中文系文藝創作組大三的課程，修課同學大都對文學有熱情，也多少有點寫作經驗。但我還是從最基本概念開始，一步步講解小說創作技巧，並要求每個人學期結束時都要交出一篇小說。

北府店小二就是在那時讓我留下深刻印象，她寫了一個短篇，塑造了一位形象鮮明的主角，敘事技巧成熟，完全達到我在課堂上提過對小說技術的要求，幾乎沒有地方可挑剔。更難得的是，這篇作品非常幽默，我在閱讀時好幾次忍不出笑出聲來。

這篇作品令人難忘，但那時我根本沒聽過「北府店小二」這個名號，只知道寫出這篇佳作的同學叫「陳冠妤」。她是個安靜認真的女生，每堂課都出席，而且總坐在最前面用專注的眼神看著我，讓我只需瞄她兩眼心中就自動產生ＯＳ：「嗯，這傢伙一定也有在寫小說。」

兩年後，當冠妤告訴我說她要出書，並給我看排好版的書稿時，我整個人驚呆了。

不是驚訝她在學生時代就能出書，當然這並不簡單，但憑我對冠妤當年那篇小說的印象，我覺得她拖到這時候才出書已經算晚了。讓我驚訝的是這本即將出版的小說內容。我原本帶著微笑翻開這部作品，想看看冠妤在我教導下寫出怎樣的處女作，但才看了幾頁，我就笑不出來了。這是什麼東西？我究竟看到了什麼？我課堂上講過的那些情理、邏輯和情緒控制技巧呢？還有，「北府店小二」是什麼鬼？

書沒看完，我就打開電腦開始寫信想說她兩句，順便要她換個筆名，畢竟第一次出書非同小可，必須慎重取一個嚴肅點的名字才行。我差點把信寫完了，幸好突然想到——出版社編輯沒對這個筆名表示意見，案情恐怕不單純，該不會……

我點開google輸入「北府店小二」，這才知道，原來冠好一直很努力想成為輕小說作家，幾年下來她以「北府店小二」名號已在網上發表七部作品，手上還同時有兩部小說正在連載。她完成的作品字數總量已突破百萬字，長期盤踞追蹤人氣排行榜。無論比讀者人數或作品產量，冠好……不，北府店小二，都完勝我這個在大學教小說創作的老師。

我嚇出一身冷汗，知道自己差點做了蠢事。

於是我把寫了幾行的信刪掉，調整想法，開始欣賞《叮咚！您的包裹請簽收》這部和快遞員有關的小說。快遞員滿街都是，我們卻好像都把他們當成隱形人，不關心也不好奇他們的一切。只有北府店小二看到了他們，並找來擔任小說的主人翁。一個快遞員會遇到什麼狗屁倒灶的事？北府店小二發揮奇想和創意，讓偶像明星都變成可託運寄送的貨物，其他遭遇就更不用說了。這本書節奏輕快，對白流暢，混合幽默、懸疑和驚悚的情節不斷翻轉，讓我的目光一下子就被抓住並一路帶往故事結尾。

換了閱讀心態，我看到了一個好看的故事。雖是輕小說，但冠好靈活的文字和敏捷的思緒這些優點都還在。我確定她很清楚我上課教過的東西，但還好她沒有被那些硬梆梆的規矩綁住，才能寫出如此精彩的作品。

我很樂意向所有人推薦這本小說，因為它絕對能帶來非常淋漓暢快的閱讀經驗，就像看動漫或日劇那樣過癮。只是，如果你的年紀和我一樣老大不小，又不常接觸這類創作，可能就得先調整一下閱讀心態。畢竟我們都太世故了，被情理牢牢限制了想像，所以必須先暫停懷疑，用哆啦A夢的「如果電話亭」說：「如果別太在乎情理的話，這個世界會變成怎樣？」如此，你就能進入北府店小二的小說天地了。

世故的讀者得先暫停懷疑，那麼年輕的讀者呢？當然不需要任何調校，自然就能欣賞享受北府店小二的小說。我想，這是因為他們大都和冠妤一樣，只知道一心一意在自己喜歡的路上奮力前進，從來就不曾懷疑過任何事情吧？

——何致和（作家／小說家）

小說剛開始的時候，我確實被陰森詭異的氣氛驚到，真的以為是恐怖小說。然而鮮明有趣的角色一個接一個登場，種種兼具奇妙與無厘頭的事件，輕鬆與懸疑兼具，充滿高度的娛樂性。讓我忍不住期待著，孫莫凡接下來又會遞送什麼光怪陸離的包裹，經歷什麼樣的冒險。

——Killer（臺灣角川大賞多棲作家）

人物介紹
孫莫凡
熱血男兒。
總是遇到奇葩包裹的快遞。
李小倩
喜歡逛廢墟和靈異景點。
唯一的朋友是骷顱頭。
佟道寰
當紅偶像明星。
正值叛逆期。
廖東海
「四海一家」的老闆。
本書唯一正常人。

人物介紹
小申
成為傳說的8+9。
看過他長相的人都死了。
篤驀然
以前是流氓。
因為某件事封閉內心。
葉闌珊
對流行很敏銳。
濫好人。
消波塊
無所不能的天才駭客。
喜歡草莓冰淇淋。

目錄

序章：這該不會是鬼故事吧？

我的媽呀。

孫莫凡看著手機，花了三秒鐘思考發生什麼事，然後狠狠出了一身冷汗。

什麼東西？為什麼地點會是在那裡？

【委託單no.00177】

收件人：屁股長頭上。

電話：0910******

地址：台北市北投區洪煙洞六弄六號六樓。

備註：假日送達、晚上九點到十二點間。

乍看之下好像都很正常，問題是洪煙洞早在幾十年前就已經是空城了，裡面的房子不是廢墟就是鬼屋，那裡根本沒有活人吧！孫莫凡揉揉眼睛，確定沒有看錯，真的是洪煙洞！

難道是屁孩的惡作劇？你看看，連收件人都給我寫「屁股長頭上」，這是小學生才會有的舉動吧！可是，小學生知道洪煙洞嗎？

孫莫凡盤腿坐在床上，把手機放在自己面前，盯著螢幕沉思。

要無視嗎？

不，無視的話就太沒禮貌了，也許是不小心填錯了地址，這種時候最好的辦法，就是打電話去問一下。孫莫凡拿起手機，按下委託人的號碼，卻遲遲不敢撥出，心裡的恐懼好像一直試圖與他抗衡。
不可以這樣啊啊啊！這是工作、工作！該打的電話還是要打，難道你想被譙到死嗎？就算真的是鬼又怎樣？我可是從小就跑宮廟的神明契子，才不怕你咧！孫莫凡做了一堆莫名其妙的心理建設，閉著眼睛按下撥號，顫顫巍巍地把手機靠到自己耳邊。
嘟嚕嚕……
嘟嚕嚕……
很好，打通了，看樣子應該不是鬼？孫莫凡緊繃的神經稍稍放鬆了下來。
嘟嚕嚕……
喀！
提示音突然停止，變為細碎的雜音，這是電話被接通的意思嗎？可是，怎麼沒人說「喂」呢？孫莫凡等了三秒鐘，對方都沒有說話，但似乎有微弱的呼吸聲從話筒另一邊傳來，表示應該有人在聽。
「喂？」孫莫凡試探性地說。
『……』
沒人回答。
孫莫凡鼓起勇氣：「喂？請問是……屁股長頭上先生嗎？我是『一線天』的送貨員……」
『……』
話筒那邊安安靜靜，微弱的呼吸聲還持續著。
「講話啊！你是不是在網路上訂了一個小烤箱？收件人地址寫洪煙洞，啊你真的住在那裡嗎？」

喀！

電話被掛斷了！

孫莫凡怪叫一聲，手機直接摔在地上，螢幕裂成蜘蛛網。他像在拎什麼可怕的東西一樣，用兩根手指把手機夾起來，剛才的確有過三十秒的通話，可是，對方什麼也沒說。這到底是怎樣？填了單子，又沒有說明清楚，那我是到底要不要送？可惡，害我還把那個蠢名字唸出來！

該請求支援嗎……孫莫凡剛想打電話，馬上又甩甩頭，不行！不能連這種小事都要麻煩老闆，我已經不是菜逼八了，要自己解決才行。

孫莫凡倏地起身，從錢包裡拿出一枚十元硬幣，平放在手掌心。

正面就是送，反面就是不送！

孫莫凡把硬幣高高拋起，硬幣在空中轉了幾圈，劃出完美的拋物線，滾到電視櫃底下了。孫莫凡趕緊趴下來，把臉橫貼在地上，就著微弱的光線看見硬幣靜靜地躺在那裡。

看不出來是正面還是反面啊……再丟一次嗎？不行啊，這樣就不準了。孫莫凡伸長手臂，好不容易搆到了硬幣，小心翼翼地拖出來，看見老蔣的大頭跟他說晚安。他瞪著老蔣許久，愣是想不起來這算正面還是反面，在房間裡來回踱步，最後決定，還是不送了。

對，不送了，大不了就當那烤箱沒賣出去。孫莫凡把硬幣塞回錢包，感到無事一身輕，躺在床上，沒多久便睡著了。

「雪下得那麼深，下得那麼認真……倒映出我淌在雪中的傷痕……」

「哇！」

孫莫凡被自己的手機鈴聲吵醒，轉頭看了下身邊的夜光電子鐘，凌晨三點三十三分。媽的，是哪個誰在這種時候打電話給我！孫莫凡看都沒看就接起手機，準備狠狠譙他一頓，卻聽見了那熟悉的雜音。

『沙沙……沙沙……』

孫莫凡整顆心一下都提到了嗓子眼，他聚精會神地聽著，大氣都不敢喘一口。

『沙沙……喂……沙沙……』

出現了！在雜音中，孫莫凡分明就聽見有誰說了句細小的「喂」！他遲疑著，基於禮貌還是「喂」了回去，換來的卻又是一陣沉默。

「喂？你誰啊？」

『沙沙……幫我……送到洪煙洞……地址……沒有錯……沙沙……』

喀！

電話掛斷了。

孫莫凡錯愕地聽著手機，感覺全身都好僵硬，連想要起床去把電燈打開都沒辦法。剛剛那聲音，聽上去像個年輕女孩子，可是感覺又很幽怨，好像是已經有幾百年沒見到陽光那樣，從地獄裡傳出來的聲音。

她說，地址沒有錯……孫莫凡徹底睡不著了，女孩的聲音不斷縈繞在他耳邊，悶熱的五月夜晚，瞬間變得像大過年一樣寒冷。

孫莫凡，男，二十一歲，單身，第一次體會到了什麼叫沁入骨髓的恐怖。

包裹一：
老子跟鬼一點也不來電

01

「所以，你的意思是你這次的收件人是鬼喔？」

孫莫凡的高中同學金浩熙聽完他加油添醋的說明之後，喝了一口芒果冰沙，平靜地問。

「不知道，但是我覺得不太正常。」孫莫凡面色凝重地搖頭。

「是喔？」

「我一定要弄清楚，她到底是人是鬼。」

「去一趟不就知道了？」

「對啊，所以我一定要弄清楚。」

「那就去啊。」金浩熙有點不耐煩了。

「我說了我要弄清楚！幹嘛催我！」孫莫凡惱羞成怒。

「你在害怕。」

「我沒有。」

「你就是在害怕。」

「老子才不怕！」

孫莫凡激動得掀翻桌子，金浩熙趕緊把冰沙拿起來，桌子框噹倒在地上，店裡所有人齊刷刷回頭，孫莫凡尷尬地把桌子放回原位。

「你再這樣，真的會被你妹妹看不起喔。」金浩熙繼續喝他的冰沙。

看不起？孫莫凡突然一把無名火，對啊，他那麼大個人了，可不想被妹妹用鄙視的眼神看著，說「啊唷你很嫩欸連這個都處理不好我怎麼會有你這樣的哥啊哈哈哈哈哈」。但他又能如何，怕還是怕呀，要是恐懼光用嘴巴就能克服，那他還不每天大喊一萬次「老子他媽超級強」。

在吧台調酒的老闆廖東海聽見他們的對話，忽然丟來一句：「我教你一招，你去之前在車子座墊上貼滿符咒，保證什麼鬼都不能動你一根寒毛。」

「欸，這個不錯！」孫莫凡又有幹勁了：「可是，符咒要去哪裡買呢？」

廖東海拉開吧台內側的抽屜，從裡面掏出一大把蓋了印的符咒：「一張八百。」

「哇佬，居然說有就有，可是怎麼那麼貴，坑人啊！」孫莫凡差點又要掀桌。

「我學弟放在這裡寄賣的，價錢隨他定，跟我沒關係。」廖東海把符咒在孫莫凡面前晃了晃：「要買不買看你自己，我是覺得不買很吃虧。」

「真的有效嗎？」金浩熙倒是很有興趣。

「他的功力是我們大家有目共睹的，雖然貴了點，不過比你去外面那種來路不明的宮廟求來的符咒厲害多了。」

廖東海邊說邊看向別桌打麻將的客人，他們也紛紛點頭，孫莫凡見這麼多人都說讚，覺得應該沒問題。他粗略估計了下，用符咒貼滿座墊至少需要七、八張，狠下心買了。金浩熙看得目瞪口呆，直說沒見過如此大方把錢花在這上面的人。

孫莫凡拿了符咒，一張張平整地貼在自己機車的座墊上，效果非常難看，他考慮很久，發現這樣不行，他沒有那個勇氣把這車騎出去。金浩熙站在他後面搖頭嘆息，說正面很醜，那幹嘛不貼反面？孫莫凡只好又把符咒撕下來，折騰半天，在金浩熙和廖東海的微笑目送下跨上機車，朝北投洪煙洞前進。

那種鬼地方孫莫凡沒去過，不曉得路，所以他設了導航。他就像個傻子似地，一路跟著導航繞呀繞，看著頭上的太陽一點點沉下去，身邊的風景越來越荒涼。

山裡的夜晚沒有月亮，樹叢茂密，遮住了天空也模糊了方向，孫莫凡的導航突然失靈，手機螢幕跳出訊息：無法偵測您的位置，請重新啟動應用程式。孫莫凡靠邊停車，對著手機搗鼓半天，宣告失敗，他四處看了看，不知什麼時候，他已經騎到一個完全沒有路標的地方了。

前面的路跟後面的路看起來一模一樣，孫莫凡知道這時候再折回去也來不及，便把手電筒打開，舉高照了照。他事先查過資料，洪煙洞最顯眼的地標是一座天主教教堂，上面巨大的十字架天氣好的時候相隔幾百公尺都能看見。

孫莫凡舉著手機，心想如果那些符咒真的靈驗，就拜託讓他找到地標，否則他要殺了那賣符的奸商。他往前走了幾步路，從樹林的縫隙探頭，竟然真的看見十字架的影子，頓時大喜，把剛才的話都收回去，他要好好請那奸商吃一頓飯。

孫莫凡騎車朝十字架的方向猛衝，時間是晚上九點，恰恰好在委託人要求的點上，選在這種鬼地方交貨，又挑這種鬼時間，說沒有鬼都有鬼。

十字架越來越近，孫莫凡開心地唱起歌，一首《突然想起你》唱到高潮處，剛剛好騎到教堂門口。

洪煙洞原本應該叫洪煙新村，早年頗具規模，後來地震，房子倒了一片，再來人口外流嚴重，最後一個住在這裡的老太太去世後，村子就一直棄置在這裡。教堂就在村口，以前應該是村裡百姓的活動中心，門口還掛著「歡迎蒞臨洪煙新村」的牌子。

孫莫凡不敢研究太久，對著門牌一號一號找到六弄六號六樓，是一幢破到不能再破的公寓，六樓就是頂層了。

公寓裡面應該已經斷水斷電，怎麼可能還有人住在這裡？孫莫凡打著手電，公寓沒有大門，應該是年久失修掉了，有電梯，但肯定不能搭，樓梯又窄又陡，兩旁還都是不知所謂的噴漆塗鴉。

孫莫凡一直很佩服那些塗鴉的青少年們，竟然有膽子闖到這麼恐怖的地方。孫莫凡低頭看了下，地面堆滿落葉和塵土，空罐子、便當盒、吸管套等等東西散落一地。他撿起一個易開罐，日期是一九九七年。

真的要進去嗎？孫莫凡在門口躊躇著，回頭望了一眼他的機車，好像正用圓滾滾的大眼睛無聲地替他加油，他想，是，我應該要加油，我是個說到做到的男人。

言必信，行必果，是孫莫凡最大，也幾乎是唯一的優點。

他一階階踏上樓梯，好幾次都差點滑倒，仔細一看才發現樓梯上長滿了青苔。他緊緊抓住扶手，不讓自己摔下去，手電筒一照，嚇得差點自殺。

佈滿灰塵的扶手上，竟然有著清晰的手印！

「啊啊啊啊！」

孫莫凡再也忍不住放聲慘叫，隨即又捂住嘴，他擔心這裡萬一真的有什麼，聽到他的聲音全跑來圍觀了怎麼辦？他拿出手機，這裡還是沒有訊號，所以想打給金浩熙求救是不可能了。他第一次如此迫切地想念金浩熙，想聽他的聲音，其實這時候哪怕是對面賣豬血糕的老頭，誰來跟他說兩句話，他都能跟那人磕頭喊爸爸。

他決定不再磨嘰，一鼓作氣衝上樓，爆發他參加大隊接力時的速度，好不容易，大大的數字6出現在他眼前，六樓，到了。

六樓就只有一扇鏽蝕得看不出顏色的鐵門，孫莫凡靠在樓梯扶手上喘氣，他抱著必死的決心，準備敲門的時候，忽然意識到自己忘了一件很重要的事。

該死，我沒有把烤箱搬上來！

02

孫莫凡陷入天人交戰，下去搬烤箱吧，等會還要再爬一次，而且這樓梯又陡得要死，他不想。不去搬烤箱吧，那我到底上來幹嘛？孫莫凡趴在樓梯間的窗戶上往下看，底下黑漆漆的，啥也看不見。

他想著，要不先按門鈴吧，至少得確定是不是真的有「人」住在裡邊，否則要真的是屁孩的惡作劇，豈不白搬一趟，多浪費體力。

得了，就這樣吧！孫莫凡做好了萬全的心理準備，轉身要按門鈴，才發現門鈴早就被拆下來了，只留下一個空空的框。

孫莫凡猶豫了下，大喊：「有沒有人在啊？我是送快遞的。」

沒有人回應。

孫莫凡再次喊道：「我是送快遞的，如果沒有人在，那我就要走了喔。」

還是沒有人回應。

「我真的要走了喔。」

孫莫凡一邊說，一邊悄悄地往樓梯方向移動。是的，我就是個慫逼，我不敢敲門，我怕有不是人的東西來應門。反正我來都來了喊也喊過了，沒人理我就是沒人理我，任務完成，咪兕康噗力斗，快閃！

「哈哈哈哈哈！」

孫莫凡一鼓作氣衝下樓梯，忍不住大笑，有種劫後餘生的感動。他真佩服自己，敢一個人來這種地方，老子今天真他媽帥！然後馬上又想到，是不是該拍張照片，證明他真的做到了，回酒吧去跟那些傢伙顯擺一番。他停下來拿出手機，打開自拍鏡頭，發現好像有哪裡不對。

畫面中，他的身後似乎站著一個人。

一個低垂著頭，頭髮像貞子一樣蓋住整張臉，身穿白衣，而且沒有腿的人。

「啊啊啊啊啊！」

孫莫凡嚇得兩腿一軟，咚咚咚滾下樓梯，然後他聽見了一聲拔高八度的少女式尖叫。

「呀啊啊啊啊！」

靠杯，真的有鬼！孫莫凡也不管這樓梯把他跌得全身酸痛，連滾帶爬要逃走，一個不小心又踩空，再一次，咚咚咚咚，從五樓一口氣摔到三樓。

「大哥！大哥，你不要想不開啊！我不是故意的！」

女鬼又說話了，聲音像冤魂一樣輕飄飄地，在樓梯間繞啊繞。孫莫凡想，媽了個逼的，這回真的見鬼啦！早知道應該帶一張符咒下來，都說碰到鬼要怎麼辦？有啥辦法？對了！可以飆國罵！

「幹！」

孫莫凡猛地回過頭，用盡此生最大的力氣罵道：「幹恁娘！滾！不要靠近我！」

沒有想到，白衣女鬼竟絲毫沒有退縮，反而用更快的速度朝他衝過來，孫莫凡腿已經軟得走不動道，慘叫著退到牆角，雙手合十，閉上眼睛飛快地唸著：「幹恁娘幹恁娘幹恁娘幹恁娘……」

啪！

孫莫凡感覺自己的頭被巴了一下，猛然睜開眼，白衣女鬼正蹲在自己面前。

「啊、啊啊……」這回，孫莫凡嚇得連叫都叫不出了。

「不要再『啊』了啦，看清楚，我是人！」

白衣女鬼把自己的長髮撥開，露出一張乾淨的臉，孫莫凡定睛一看，面頰紅潤，雙眼有神，好像真的有點像人。

「可、可是妳、妳的腿……」

「黑色內搭褲啦。」

白衣女鬼——這時候該叫女孩了——稍微撩起衣擺，孫莫凡總算看清楚，她穿著長版白T－恤，配黑色內搭褲，所以剛才一片黑的環境下，看上去才會像是沒有腿。

「所以，妳真的是人？」

「廢話！」女孩白了他一眼。

「那妳就是『屁股長頭上小姐』囉？」

「嗯！」

「吼唷——」

孫莫凡喘著氣，整個人一下子鬆懈下來，抬起頭仰天長嘯。

「我的烤箱咧？」

「妳無不無聊啊？既然是人幹嘛要待在這種鬼地方？我真的會被妳嚇死，要是我剛才心臟病發作掛點了，妳就要負責到底了喔！」

「這應該算工傷意外吧？你沒有保險嗎？」

「那．不．是．重．點！」孫莫凡瞪大眼睛：「屁股長頭上小姐，躲在廢墟嚇人很好玩嗎？除非妳真的是屁股長頭上，不然以後要是再幹這種事情，我就告妳恐嚇！違反善良風俗！蓄意殺人！」

「你怎麼那麼喜歡告人啊？」

「我這輩子唯一想告的人就是妳！」

孫莫凡倏地站起來，又像是突然被對折一樣癱坐在地，他的雙腿剛才都扭傷了，現在一步也邁不動。他尷尬地看著女孩，女孩也用她水靈靈的大眼望著他，兩人就這麼你看我我看你，最後還是女孩先開口了：「沒關係，我可以自己把烤箱搬上去。」

「……」

「如果你不介意的話，我可以順便送你回家。」

「我騎車來的欸？」

「我也會騎啊。」

「拜託，不用麻煩了，妳不要管我。」

「也是啦，初次見面，孤男寡女的，這樣的確不太好。」

「不是那個問題。」

「那是什麼問題？」女孩歪著頭看孫莫凡。

「唉。」

孫莫凡放棄跟她溝通了，強忍著痛楚站起來，機器人一樣踏著僵硬的步伐走下樓，再搬著烤箱走上來。他一把將烤箱塞給女孩，從口袋裡拿出一張單據：「在這裡簽名！」

「簽本名嗎？」女孩不知道從哪裡拿出一隻細簽字筆。

「妳用什麼名字買的就簽什麼名字。」

「喔。」

女孩拿紙箱墊著，用娟秀的字跡寫下：屁股長頭上。

「你們看！屁股長頭上小姐真的是人類！」

隔天，孫莫凡一早就衝進酒吧，把女孩簽名的單子展示在眾人面前。大部分人都只抬頭看了一眼就回去做自己的事，只有金浩熙屁顛屁顛跑過來，搶過單子仔細研究，然後點點頭：「嗯，應該是個美女！」

「美？」孫莫凡眉頭一抽。

「人家說見字如見面，這麼好看的字，應該不會醜到哪去吧。」

金浩熙邊說，邊對孫莫凡投以期待的目光，像是在徵求他的同意。其實孫莫凡根本就忘記女孩長啥樣子了，第一昨天黑燈瞎火，第二他驚嚇過度，睡了一覺起來除了全身酸痛之外感覺就像是做了一場很長的惡夢，連他怎麼回到家的都不記得。原本他想隨口敷衍過去，這時他忽然想到，昨天不是有拍照嗎？便把手機拿出來遞給金浩熙：「你自己看！」

金浩熙看到照片，差點沒嚇死：「這真的是人？」

「是。」

「那她怎麼沒有腳？」

「黑色內搭褲。」

「喔——」金浩熙恍然大悟：「那你下次晚上送貨，全身都穿黑的，看起來就會像是只有一顆頭漂浮在空中的人了！」

「鬼才要那樣穿，你想害我被撞死嗎？」孫莫凡白了他一眼。

「我覺得挺不錯的。」隔壁桌打麻將的人插嘴。

「你覺得不錯那你自己穿啊。」

孫莫凡把單子抽回來，悻悻然地走了，忽然感覺手機震動，拿出來一看，又有新的委託。他打開委託單，收件人赫然又是「屁股長頭上」，這次的地點是一間有名的廢棄醫院，他差點沒把手機摔在地上。

「嗯？什麼什麼，喔！又是屁股小姐！」金浩熙像發現什麼珍寶似地靠過來：「才隔一天就能再見面，有什麼感想啊？」

「我想死。」

「這次要送什麼？」

「金童玉女。」

「啊？」

「那位屁股長頭上小姐，要我幫她送金童玉女。」

孫莫凡面無表情地說。

03

孫莫凡隸屬的「一線天」，是他的一位學長成立的專門替人送包裹的工作室。起先只是同學之間無心插柳，「欸你等一下要去那裡順便幫我送個東西」，所以會委託他們的大多都是同學，或是學校周邊的店家。後來漸漸知道的人多了，索性就開發了專屬的手機APP，可以線上委託，顧客資訊一目了然（孫莫凡一直對學長的行動力感到瞠目結舌）。他們送的東西無所不包，食物、小型家電、手工藝品，甚至是告白用的花束和氣球，標榜來者不拒、使命必達。

可金童玉女，還真是前所未聞。

委託孫莫凡的人是附近紙紮舖的老闆，六、七十歲的老頭了，第一次遇到有人要求「外送」，他身體不好，不方便再開車，就聽從兒媳婦的建議把工作托給「一線天」。

孫莫凡到紙紮舖去搬金童玉女的時候，跟老闆討論了很久應該怎麼放才好。金童玉女是立體的，大約半個人高，註定塞不盡機車的後備箱裡，所以孫莫凡把箱子拆下來，拿了繩子把它們捆在後座。但是這樣很容易壞，而且恐怕還會嚇到人。最後，孫莫凡決定拿氣泡紙跟報紙裡三層外三層地包裹，橫放之後用繩子綁緊，從外面看根本就不知道裡面是什麼，安全性跟隱密性都有了。

孫莫凡跨上車子要走，老闆忽然把他喊住：「等一下！」

「嗯？怎麼了？」

「你怎麼穿成這樣？不嫌熱嗎？」

「這個喔，沒有啦，就最近的流行啊。」

孫莫凡隨口敷衍，騎車逃離現場。

天啊，我幹嘛要聽金浩熙的話全身穿成黑色啊，而且還是緊身衣配緊身褲，丟臉死了！簡直比沒穿還要丟臉。而且為了讓頭部看起來明顯一點，安全帽上面還裝了LED燈，整個人看上去就像一根巨無霸火柴棒，說有多蠢就多蠢。

不過若是真能夠嚇到屁股小姐，那這些也都值得了。沒錯，孫莫凡就是一個如此幼稚的男人，因為屁股小姐嚇到他，所以他也要嚇回去，不然嚥不下這口氣。

晚上九點，孫莫凡騎車在街道上狂飆，穿著緊身衣，頭部閃閃發光，後座載著兩尊金童玉女，目的地是赫赫有名的「萬新醫院」。

說起萬新醫院，大部分人第一個想到的就是院長在辦公室裡上吊自殺的傳聞，之所以用「傳聞」兩個字，當然是因為年代久遠，早已不能判斷真假。其餘還有很多靈異事件，孫莫凡沒有研究，也不想去研究，他此行的目的只有一個，不，兩個：第一，把貨送給「屁股長頭上」小姐，第二，捕捉她被嚇得花容失色的模樣（前提是她有「花」容的話）。

想到這裡，孫莫凡不那麼害怕了，相反地還特別興奮。

抵達萬新醫院門口的時候，已經過了十點。

跟洪煙洞一樣，萬新醫院的牆上也佈滿了噴漆塗鴉，地上也有很多垃圾，好像全世界的廢墟都該必備這些東西。不同的是，萬新醫院明顯更破舊了些，認真算起來，它廢棄的年歲應該沒有比洪煙洞長，卻不知道為什麼，裡面的陳設能壞的都壞了，牆壁、天花板也受到滴水侵蝕剝落成洋蔥狀。大門口的「萬新醫院」四個字，只剩下「新」，簡直就像在諷刺這破敗的景色似的。

孫莫凡這才想起來，這裡手機收不到訊號，他沒有辦法告訴屁股小姐他到了，委託單上也沒有寫明她會在哪個地方等他。

難不成要我進去找？這麼大間醫院，是要讓他找到民國幾年？該不會這次真的是惡作劇吧！他姑且站在大門口，對著裡邊喊：「我是送貨的！屁股女！給我出來！」

然而回答他的，只有他自己若有似無的回音和一陣陣涼颼颼的風。

說也奇怪，正常情況下風都是從室外吹進室內，這廢墟的規律卻跟別人都不一樣，那陰風硬是從裡面吹出來的。

孫莫凡打了個冷顫，還是別逗留了吧，這裡雖然沒有洪煙洞那麼氣勢磅礡，但嚇掉半條小命也綽綽有餘了。他於是把後座的金童玉女解下來，拆掉外面的報紙跟氣泡紙，把金童玉女立在門口，還特意讓臉部朝內。

這樣的話，屁股小姐出來的時候就會看到了！那我就可以走啦！孫莫凡又想了會，覺得不對，他要是走了，屁股小姐沒簽名也沒付款，這筆生意就不算完成啊。還是我先閃人，再打電話要她自己過來好了？反正她會知道那間小不啦機的紙紮店，就表示應該住在附近，所以，這辦法可行。

孫莫凡絕對不願意再把這兩尊金童玉女載回去了。

真是的，枉費我今天還穿成這樣，沒有嚇到她有點可惜……唉，我在想什麼，還是快點回去吧。孫莫凡邊胡思亂想邊跨上機車，剛剛發動，忽然從醫院裡面傳出一聲驚天動地的「等一下」，嚇得他差點當場扑街。

只見屁股小姐慌張地跑出來，她今天也穿著白T－恤跟黑內搭褲，不過衣服上好像還寫著字，孫莫凡一看，竟然是用毛筆字體寫著「盡忠報國」。

「呼……呼……對不起，我來晚了。」屁股小姐抬起頭，看見孫莫凡的樣子，驚呼一聲：「你幹嘛穿這樣？還是緊身的！」

可惡！她為什麼沒有被嚇到！

「我爽啊。」孫莫凡也只能硬拗了。

「喔，你爽就好。」屁股小姐沒有在這個話題上多追究，忽然把什麼東西往孫莫凡的後座上一擺：「借我放一下喔，不然我沒有手拿錢給你。」

孫莫凡一看，發現在後座上的竟是一顆骷髏！

「啊！」

「欸你不要亂動，摔壞了怎麼辦？」屁股小姐已經簽好名了，一手把錢交給孫莫凡，一手把骷髏拿走。

「這什麼！」

「骷髏頭啊。」

「真的假的？」

「當然是假的啊。」屁股小姐把骷髏湊到孫莫凡面前，他這才發現骷髏表面泛著像金屬一樣的光澤，儼然是做工精細的裝飾品。

「妳把這個帶出來幹嘛？」

「它是我的朋友，叫做阿福，別看它這樣，它很有靈性的喔。」

「沒人問妳這個！」

「對不起啦，因為我怕把阿福一個人留在裡面它會害怕。」

這句話的吐槽點太多，孫莫凡腦袋一時卡住了。

一個人？它是人嗎？退一萬步講，它又怎麼可能會害怕，這裡最可怕的東西就是它了吧！別人看到逃跑都來不及，它竟然還會怕還會怕還·會·怕？

「那個，大哥啊。」屁股小姐走到門口，有些不好意思地指著金童玉女說：「我現在只有一隻手，你可不可以幫我搬啊？」

「不可以！妳自己搬兩趟不就好了！」

「這樣很累欸——」

「那我就不會累喔？」

「你來都來了，不參觀一下就回去真的很可惜，我知道很多好玩的路線喔，真的不試試？」

屁股小姐以期待的眼光看著孫莫凡。

04

見鬼了見鬼了，真的見鬼了！

孫莫凡抱著金童，屁股小姐抱著玉女，兩個人一前一後在醫院的長廊上走著。

不應該是這樣的啊……長廊迴盪著孫莫凡沉重的嘆息。

原本孫莫凡打算騎車逃離現場，沒想到他的狼狽卻發出了有氣無力的「噗噗」兩聲，完全不肯動！他徹底慌了，以往只有在下雨的時候狼狼才會發脾氣，這天竟然這麼反常！

「妳存心搞我是不是啊！翅膀硬了都會跟我頂嘴啦？妳是叛逆期啊！」孫莫凡咬牙切齒地對狼狼說。

從小孫莫凡就經常幹這事，電腦當機的時候會威脅「你再不聽話我把你賣掉」，電視打不開會說「你不怕我拿球棒把你砸了」，同理機車發不動自然也可以這麼整。只是今天狼狼似乎鐵了心要跟他槓到底，一點兒動靜也沒有。孫莫凡瞪著狼狼，一口氣憋著不知該往那兒撒，用眼角餘光瞄了下屁股小姐，心想，操，我真的是見鬼了。

「大哥，你叫什麼名字？」屁股小姐突然說話，把孫莫凡拉回現實。

「幹嘛問我名字？」

「知道名字以後比較好稱呼啊。」

「『以後』？」孫莫凡誇張地睜大眼睛：「妳還想要『以後』啊！」

「我覺得你送貨的效率滿好的。」屁股小姐認真地說：「因為我之前的訂單最後都沒有送來。」

「妳的地點也選在廢墟？」

「對啊。」

「那是妳的問題啊！啊──果然我是被鬼遮眼了才會真的跑來！我去死好了。」

「不要放棄自己，如果有什麼煩惱可以說來聽聽，我幫你想辦法。」

「罪魁禍首就是妳啦！妳啦！妳啦！」孫莫凡氣急敗壞，一把搶過屁股小姐手中的玉女，一手抱一個跑起來：「到底就好了齁？放完我就要回去了喔！」

「嗯，麻煩你了！」

「好勒！」

孫莫凡習慣把「好」說成「好勒」，這不是台灣人的說法，跟他老闆學來的，北京話的樣子，聽起來比較有力道。

孫莫凡跑到走廊盡頭，準備把金童玉女放下的時候，突然瞥見拐腳的地下室樓梯有什麼黑忽忽的東西跳出來。

那東西掠過孫莫凡的小腿，往屁股小姐的方向直衝而去。

「小心！」

孫莫凡把金童玉女丟著，撲上去擋在屁股小姐的前面，把人撞個正著，身後傳來「霹啪」一聲，然後是那東西的尖叫：「喵——」

原來是隻黑貓！黑貓被突然的聲響嚇到，慌忙地逃走了。

孫莫凡尷尬地回頭：「對不起，剛才撞到妳了。」

屁股小姐卻沒理他，全身僵硬地盯著地板。

「嗯？妳在看啥？」孫莫凡順著她的視線看過去，一看也從腳毛到頭。

屁股小姐一直捧在手中的骷髏頭，掉在地上，碎成了許多碎片。

「啊——」

屁股小姐蹲下，捧起一塊碎片，聲嘶力竭地哭喊：「阿福——你死得好慘啊——」

孫莫凡不敢吭聲，他內心浮現出一片廣大的戈壁沙漠，無數的草泥馬在上頭奔騰。

完了，這下靠北了，要逃走嗎？不行，可是不逃走總覺得事情好像會往更不妙的方向發展……

「你怎麼賠我！」屁股小姐哭著質問孫莫凡。

「那、那個會很貴嗎？我再幫妳買一個啦，對不起嘛……」孫莫凡氣勢一下子矮了不只半截。

「那只有一個！買不到了！是你撞壞的，你要負責！」

「什麼東西為什麼只有一個！妳去哪買的啊！」

「那不是重點！」屁股小姐從隨身的背包拿出一個塑膠袋，把「阿福」的碎片全掃進去，然後送到孫莫凡眼前：「你要幫我修好！」

「怎、怎麼修？」

「我怎麼知道？」

「……」

「我跟阿福在一起三年了，從來都沒讓它受過傷，結果你、你這個禽獸——」屁股小姐不停抽噎。

「好啦，沒那麼嚴重吧？」

「有！就是有！你不是人！下三濫！二十五歲就禿頭！」

「我知道了，對不起。」不想再被用更過分的字眼罵了，孫莫凡只好老實道歉。

「只有對不起嗎？然後呢？」

「我會負責。」

「那要簽字畫押。」

「為什麼！妳是多不相信我啦！」

「我要怎麼相信一個只見過兩次面的男人？」屁股小姐露出鄙夷的眼神。

孫莫凡嘆了口氣：「好吧好吧，妳贏了，妳現在就跟我回去，我載妳去我常待的酒吧，當著妳的面，今天晚上就修好它，可以了吧！」

聽了這話，屁股小姐才破涕為笑：「你說的喔！」

不知道為什麼，屁股小姐坐上後座的剎那，狼狼奇蹟似地有了生命反應。孫莫凡踹了它一腳，心想，靠，妳這八婆，嫌我太髒太臭不屑載，碰到妹子就這麼乖！敢情下次發不動要穿女裝再來騎。

一路上，屁股小姐不停跟孫莫凡搭話，好像一刻也靜不下來似的。孫莫凡也都無奈地一一回答，沒辦法，這次的確是自己有錯在先，要是把人惹火了挨告，整個工作室都得受影響。他告訴了屁股小姐自己的名字，告訴她「一線天」的由來，告訴她那間他常去的酒吧叫做「四海一家」……屁股小姐聽得津津有味，最後才突然想起什麼似地，對孫莫凡說：「我叫李小倩，請多指教。」

李小倩？孫莫凡失笑，還不如叫聶小倩呢，多貼切。

「你是不是在想我幹嘛不叫聶小倩？」李小倩一下就看穿了孫莫凡：「沒辦法，誰叫我爸不姓聶，不然我也很想啊。」

孫莫凡險些重心不穩，回頭罵道：「妳想個頭啊！不要害我摔車好不好！」

「哈哈哈。」李小倩乾笑幾聲。

真的是見鬼了。

孫莫凡想，希望不要真的被這鬼上身才好喔……

05

孫莫凡帶著李小倩回到「四海一家」，推開玻璃門，立刻受到所有人的注目禮，店內一陣騷動。

「那個……他們怎麼了？」

剛才還很興奮的李小倩有些膽怯，縮在孫莫凡後面。

「他們覺得妳很稀奇。」孫莫凡老實回答。

「我？」

「在我們這間店，會出現雌性生物幾乎不可能。」

孫莫凡幸災樂禍：「被當成稀有動物觀賞的感覺如何？」

「不、不太好。」

「那妳要不要回去呀？大晚上的，女生一個人待在這種地方很危險的喔。」

「不行！」李小倩瞪大眼：「說好你會負責的！休想讓我知難而退！在這之前我不會走！」

此話一出，眾人譁然，幾十把鋒利的眼刀瞬間轉移到孫莫凡身上，把他插得千瘡百孔。

孫莫凡一驚，哇哩咧你們都誤會了什麼！不是那個意思啊！我是一等良民不幹那種事情的啊！

「好好好！我知道了我知道了！妳不要講話！」孫莫凡趕緊安撫李小倩，衝吧台的廖東海大喊：「老闆！還有空房間嗎？」

廖東海彎腰從抽屜裡拿出一把掛著房號的鑰匙，遞給孫莫凡，附上一個意味深長的微笑：

「對人家溫柔一點喔。」

「靠杯喔！不是啦！」

孫莫凡一口老血差點沒噴出來，粗暴地搶過鑰匙，抓起李小倩朝七號房走去。

「四海一家」最大的特色，就是有提供短期住宿，共有七間房間，同在一條走廊上，六間面對面，七號房則單獨位在走廊底，站在外面一眼就能看到，無疑是個尷尬的位置。

每間房間的門上都貼著一個白色的立體數字，內部裝有燈泡，開關設在門內，客人進門就把燈泡打開，房間裡有沒有人便一目瞭然。

孫莫凡瞪著大門上的數字七，像瞪著前世仇人似地咬牙切齒。

帶女生來住宿，明明應該是很夢幻的事情，但這個女生大有問題啊！基本物件就不對了啊！可惡！我怎麼那麼衰小，為什麼要答應她那種事情！

他拿鑰匙開了門，打開燈，房間不大，一張單人床、一副桌椅、一個矮櫃就差不多滿了。好在牆壁粉刷成乳白色，天花板也比較高，加上氣窗，窩在裡邊不會有壓迫感，牆上甚至還有嵌入式電視，也算小巧精緻了。

「哇——」

李小倩驚喜地看著這小房間，助跑兩步跳上床，趴著不動了。

「幹嘛，妳小學生啊。」

孫莫凡白了她一眼，把門關上，自己也進到房間裡。

門上貼著一張紙條，寫明住宿的規矩，和房間的WIFI密碼，最下面還畫著一個猥褻的老頭圖案。孫莫凡記得每間房間的圖案都不一樣，一號房好像是兔子來著，有時候店裡員工會用圖案來代稱房間，現在這間就是所謂的「老頭房」。

幹嘛畫個老頭啊，讓人倒盡胃口，這樣誰會想住？

孫莫凡回頭，李小倩把整張臉埋在枕頭裡，兩腿在空中晃來晃去，好像很享受的樣子。

我錯了，真的有人會想住。

「妳這麼喜歡這裡喔？」孫莫凡汗顏。

「愛死了，」李小倩翻了個身，呼出一口氣：「好久沒睡到正常的床了。」

「那妳平常都睡什麼？」

「睡袋啊。」

「蛤？」

「我在靈異景點到處跑，晚上就直接睡在那裡，那邊又沒有床，當然睡睡袋。」

「也太扯，妳幹嘛這樣自虐啊！」

「因為很刺激啊！不過偶爾回到人間生活也不錯啦。」

「太扯了……真的太扯了……」

孫莫凡自顧自地搔頭，把鑰匙丟給李小倩。

「我去買瞬間膠，看看能不能把妳那個死人骨頭黏回去，妳就待在房間裡看電視還是什麼的，不要到處亂跑。」

「好——」

李小倩很有朝氣地回應。

孫莫凡總算放心開門，迎面就看見一坨人蹲在門口。

「……你們在幹嘛。」

孫莫凡眉頭一抽，青筋畢露。

「那個女的是你馬子嗎？」其中一個人開口。

孫莫凡感受到李小倩在房裡好奇地打量，連忙把門甩上：「不是！」

「能不能給個電話？」另一個人問。

「滾。」

「咦？」

「拜託，不要騷擾人家，你會被她嚇死的。」

孫莫凡由衷地警告，說完撇下那些人，趕在雜貨店打烊前去買瞬間膠了。

「我勸你不要用那個黏比較好。」

雜貨店的中年老闆看見骷髏頭，嚴肅地對孫莫凡說道。

孫莫凡有些緊張：「為、為什麼？」

「碎成這麼多片，而且又不知道是什麼材質，有可能會被瞬間膠腐蝕掉啊！像這種工藝品的東西，外行人最好不要隨便亂黏，去找專業的比較好。」

「說得也是？」孫莫凡姑且贊同：「可是，我要去哪找專業的啊？」

「嘿嘿，這個我可以幫你。」

雜貨店老闆拍拍胸脯：「我認識一個朋友，專門幫人家修理壞掉的古董啦、鐘錶啦之類的東西，我幫你拿去問，看在交情的份上，他還可以給你打折喔！」

真的假的啊？孫莫凡有些半信半疑，但老闆和他也算熟識，應該不至於對他說謊。他想了會：

「大概需要多久？」

「看起碎得那麼離譜，一個禮拜跑不掉吧。」老闆說。

一個禮拜喔……等等，那不就表示李小倩要在店裡賴一個禮拜嗎！那也太可怕了吧！孫莫凡陷入天人交戰，最後決定──把骷髏頭交給老闆！

與其自己黏了半天沾滿手瞬間膠，還不如讓專業的來！最好一次就能修好，以免夜長夢多，總而言之，不懂還是不要自己亂來。至於李小倩到底要住多久嘛……反正忍忍也會過去，說到底還不是自己把人家東西弄壞的，還能怪誰？

孫莫凡把骷髏頭交給老闆，離開雜貨店，感覺無事一身輕，回去的路上還不自覺哼起了歌。

包裹二：本人不負責運送犯罪證據

01

「你居然把阿福交給陌生人——」

聽完孫莫凡的敘述，李小倩嘴裡塞著吃到一半的飯糰，指著他大吼。

「那不是陌生人好不好！是我的熟人的熟人啦！」孫莫凡立馬回嘴。

「那就是陌生人啊！你怎麼知道那個人是圓是扁，萬一阿福在他手上有什麼三長兩短你要我怎麼辦！」

「不就是個死人骨頭，哪還能出什麼事！最慘最慘就是摔得更碎而已啊！」

「呀啊啊啊不准講不吉利的話——」

李小倩抓起自己穿的拖鞋朝孫莫凡砸去，孫莫凡側身一閃，拖鞋掠過他的肩膀，打中後方客人的腦袋。

那客人站起來，把手中的酒瓶摔在地上，破口問候李小倩祖宗十八代，邊朝她逼近。廖東海見情況不對，給在旁邊掃地的兩個店員使眼色，他們放下掃把，挽起袖子，一人架著客人一隻手臂，把人往後門拖去，不久慘叫便傳進店裡。

「哇喔。」

看見這生猛的一幕，李小倩都忘了要追究阿福的事情。

「那個客人每次摔瓶子就是準備打架，所以後來他們就學會先發制人。」孫莫凡補充道。

「你們活人的生活真刺激。」

「不，是他們比較特別，絕對不是每個人都這樣。」

孫莫凡可不希望自己也被歸類到「生活刺激的活人」裡頭去，所以刻意說「他們」而不是「我們」。他看了後門一眼，兩位店員已經結束對客人的制裁，像是飽食的野獸一般回來了。

「帥呆了。」李小倩低聲說。

孫莫凡用看神經病的眼神看她：「妳最好不要跟那些人扯上關係喔。」

「可是，我在他們身上聞到很有趣的味道……」

「味妳的頭啦，妳是狗喔？」

「你說誰是狗？」

有人對這句話作出了回應，但卻不是李小倩。孫莫凡朝大門望去，走進來兩個人，其中一個是他朋友，叫做劉白，剛才就是他在說話。另一個人就很面生了，瘦皮猴似的身材，染一頭紅髮，穿著籃球背心跟半短褲，手裡還捧著一個大紙箱。

「老孫，現在有空嗎？」劉白笑嘻嘻地問。

孫莫凡漫不經心地答道：「想幹嘛？」

「介紹一個朋友給你認識，他叫消波塊。」劉白指著紅髮男。

「消波啥？」

「就是消波塊啊，放在海邊的那個，裡面可能包著人肉的那個……你可以叫我老蕭，或是什麼都好，隨你便。」

消波塊本人接話，順手把紙箱放在孫莫凡面前的桌上：「我想委託你幫忙送這個。」

「這是什麼？」
「耳朵靠過來。」
消波塊神祕地笑笑，孫莫凡只好照做，順手把好奇的李小倩推開，然後他聽到了四個字：
「一．箱．炸．彈。」
「炸炸炸炸炸彈！」
孫莫凡整個人跳起來，縮在椅子上，又因為重心不穩摔了下來，李小倩拍手大笑。
「不要那麼大聲！這樣不就全部人都知道了嗎？」
消波塊左顧右盼一番，客人們有的喝醉睡死了，有的麻將打得正歡，似乎沒有人注意到這裡。
「拜託！這要我怎麼不大聲！炸彈欸？你們瘋子嗎？這是要拿來炸什麼的？」
「我準備炸掉學校的禮堂。」
「喔啊啊啊我知道了！你這是預謀犯罪，你想拉我當共犯，讓我當替死鬼！」
「不對不對不對。」
劉白捏著眉心搖頭，瞪了消波塊一眼：「你不要鬧他啦！他的內心是很纖細的。」
纖細……孫莫凡感覺莫名其妙中了一箭。
消波塊收起方才的輕浮：「好吧，其實炸彈是假的，這是我們的一個計畫。」
「什麼？什麼計畫？」
李小倩興奮地湊上前，頓時全體沉默。
「……她是誰？」劉白問。
孫莫凡搖手：「咳，不用理她。」

「對，不用顧忌我，我是自己人、自己人。」李小倩說。

Excuse me？妳在供三小朋友？妳什麼時候變成自己人了啊！我們也才認識幾天而已，不要一副跟我很熟的樣子好不好！孫莫凡正想反駁，劉白卻已經欣然接受，還跟李小倩握手。

為什麼我身邊的人對怪人怪事的接受度這麼高……

孫莫凡再度懷疑人生，只好繼續聽消波塊到底在搞什麼名堂，然後，他聽見了一個不可思議的故事。

消波塊讀的是戲劇專業，本身也對這方面非常有興趣，明天晚上，他和系上同學們規劃了一次大規模的舞台劇演出。

演出的地點並不在校本部，而是在分部的大禮堂內，那裡的舞台相當大，有兩層樓的座位，麥克風與燈光設備都很齊全，對於一場舞台劇來說再適合不過。然而這禮堂卻有著一段不為人知的過去，說來也很老套，舞台上，曾經死過人。

消波塊說，事情發生在二十年前，同樣也是一場戲劇系主催的舞台劇演出，死掉的人是應屆系草，也是那齣劇碼的男主角。

說到這裡，消波塊還借了孫莫凡的手機上網搜尋，把系草的照片拿給孫莫凡等人看。

那是一張在禮堂大門口拍攝的照片，後方的時鐘指著四點四十四分，一群人排排站在鏡頭前，他們的臉部有一半被影子籠罩，看起來分外詭異。正中間那個人就是系草，蓄了滿臉大鬍子，還戴著一頂扁帽，穿著破舊的毛衣，腳上的卻是涼鞋。

「哇咧，長這樣也配當系草？」孫莫凡咋舌。

「不要對二十年前人的審美觀抱有太大期待。」劉白說。

總之，大夥說他是系草，那他就是系草。

這位系草先生在那齣戲裡飾演一個愛而不得，最終上吊身亡的悲劇人物，為了忠實還原結尾的「上吊自殺」橋段，他們費盡了功夫。

在那場戲中，系草在衣服底下綁著鋼絲，脖子上則套著打了結的繩圈，繩頭與舞台上方的橫樑綁在一起。到時布幕拉開，演員被鋼絲吊著，整個人懸空，雙手無力地垂下，遠遠地看，就跟真的上吊沒兩樣。

然而，事前已經演練無數次不曾出過問題的上吊戲，居然偏偏在正式演出那天出了差錯！演員背後的鋼絲在升起時突然斷裂，失去支撐的他瞬間下墜，脖子上的繩圈受力縮緊，他雙手抓著繩子，雙腳在空中痛苦地掙扎，其他人連忙上前想把他放下來，卻已經來不及了。

最後，眾目睽睽之下，他在舞台上斷了氣。

事後調查發現，鋼絲是在演出之前被系草的朋友割斷的，說是不滿每次都拿不到男主角的位置，嫉妒系草的演技和人緣，才決定報復。

這起假戲真做的「劇場謀殺事件」，很快被校方封鎖消息，所以很少有外人知道。

不過，據說如果在系草忌日那天的凌晨四點四十四分去到大禮堂，就會看見一個臉色青紫、舌頭伸得極長的駝背男人，在舞台上來回踱步。

而聽見那腳步聲的人，最終也都會不約而同走向上吊一途……

「所以咧，這個故事跟你的炸彈什麼關係？」

孫莫凡面無表情聽完，冷冷地問，他希望沒有人注意到他手上的雞皮疙瘩。

「這個故事給了我靈感，」消波塊得意地說：「我們這次主打的是『互動劇場』。」

02

「你知道互動劇場嗎？就是台上跟台下會有互動的那種舞台劇，把觀眾也拉進去，讓他們參與這個故事，戲劇可以不只存在舞台上。這就是所謂『打破第四道牆』的概念，你不覺得跟那個鬼故事很像嗎？我們不需要真的死人，只要讓觀眾以為有人死了，這樣目的就算達成了！」

孫莫凡一整個茫然，第四道牆是什麼鬼？

然而消波塊沒有停下來解釋的意思，他說依照計畫，舞台劇演到中段時，孫莫凡必須帶著「炸彈」進入禮堂。這時男主角會暫停演戲的動作，讓孫莫凡穿過觀眾席，上到舞台，把「炸彈」交給他。

然後，男主角把炸彈展示在觀眾面前，狹持整間劇院的人，觀眾才知道原來他是個瘋狂炸彈客！見義勇為的孫莫凡想阻止這場陰謀，男主角會拿出預先藏在戲服裡的模型槍將他斃命，成為第一個犧牲者。

附註，死狀越慘烈越有戲劇張力，要讓觀眾大喊死得好、死得妙、死得呱呱叫。

「當然啦，最後我們會有個好的收尾，會有一位埋伏在觀眾席的『刑警』登場，逮捕兇手、拆除炸彈，不會讓你白死。」

「喂，結果你講得落落長，就是要我去那裡死掉喔？而且還強調我的死狀！死得呱呱叫是怎樣啦！」

孫莫凡忍不住拍桌。

「你是打破第四道牆的關鍵啊！要讓觀眾知道我們不是單純的舞台劇，而是驚心動魄的警匪對峙戲碼，所有的觀眾都扮演『人質』的角色，那種參與感、臨場感，身歷其境的興奮你能體會嗎？」

「老孫啊，這可是很難得的機會，可以『演戲』喔？被聚光燈包圍，在上百人面前即興演出，你難道一點點心動的感覺都沒有嗎？」

劉白也跟著幫腔，用的還是購物台主持人般的語氣。

孫莫凡不說話了，要說不心動，那當然是騙人的。反正不是真的炸彈，也不是真的死掉，只是演演戲，過個當明星的乾癮，下台後還有錢拿，跟李小倩的委託比起來真是太佛心了！

「好吧！」孫莫凡點頭。

「萬歲——」

劉白和消波塊從椅子上跳起來擊掌。

「可是，為什麼是我？」

「原本當然有安排這個角色的，只是……」消波塊說著看了劉白一眼。

劉白於是接下去說：「剛才那個演員因為吃到不新鮮的生魚片，送醫院掛急診了……」

消波塊在胸前畫了個十字聖號：「所以我們不得已只好來拜託你……」

「繼承他的精神……」劉白說。

「擔綱這份重任……」消波塊說。

「沒錯！」

「沒錯的啦！」

兩人都露出斯巴達戰士般的堅毅表情，孫莫凡想，哇佬，有夠白痴。

「那就這樣啦，我把炸彈放你這邊，明天晚上七點半要準時送到校分部大禮堂喔！」

劉白把箱子打開，從裡面拿出一個橢圓形的盒子。

「這就是炸彈？」

怎麼跟我高中用的便當盒長得好像……孫莫凡忍住沒吐槽。

「對，你看，這是開關，這是倒數計時。」

劉白說著按下便當盒蓋上的按鈕，左邊的LED面板亮起，出現「10:00」的倒數計時，還發出讓人不安的「嗶嗶」聲。

「這哪裡買的啊！也太逼真了吧！」

孫莫凡馬上把便當盒的想法抛到腦後，接過「炸彈」仔細端詳，李小倩也好奇地湊過去看。

「這是我做的。」消波塊勾起嘴角。

「你做的？你怎麼做的？不會吧！」

「消波塊是天才喔，就算是真正的炸彈，他也生得出來。」

劉白驕傲地說著，好像天才是他自己一樣。

孫莫凡望著眼前這瘦皮猴，心中油然升起滿滿的崇拜，這時的他在兩人眼中，看上去就像是上鉤的傻逼。

「好啦，就這樣囉，記得明天七點半準時到場啊！」

劉白和消波塊帶著得逞的壞笑走了，沒兩分鐘忽然又跑回來，手裡拿著幾個信封，交給廖東海和兩個店員，也順手遞了一封給李小倩。

「給你們貴賓席喔，雖然剛才已經破梗了，不過我保證親眼看到絕對會有驚喜，要來捧場喔！掰掰！」

說完，劉白再度離開。

李小倩把信封打開，裡面是一張精緻的小卡片，寫明舞台劇的簡介，下方還有燙金印刷的「VIP」字樣。

「哇……第一次有人邀請我去看舞台劇！」

李小倩的臉頰因為興奮刷紅：「孫莫凡，我會好好看清楚你死掉的樣子的！」

「妳不要講話行不行！」

孫莫凡把炸彈塞進背包，大步離去。

深夜，李小倩躺在床上，遲遲無法入眠。她打開手機上網搜尋「劇場謀殺事件」，只找到消波塊當初給他們看的那張照片，還有幾則簡短的報導，都沒有消波塊說的詳細。

李小倩嘆了口氣，本以為所有大學的靈異事件都能倒背如流，沒有到還有她從沒聽說過的故事！看來以後應該要更努力去做田野調查才行。

她盯著那張照片，渴望能從「系草」的眼睛裡看到什麼。

這麼嚇人的事情，居然是真實存在的嗎……

儘管還有很多疑問，可這天發生太多事情，李小倩再也沒有力氣去思考，她就這麼維持握著手機的姿勢進入夢鄉，等到她再度睜開眼睛，已經是第二天的中午了。

她是被孫莫凡的電話吵醒的。

『李小倩屁股女妳快起來幫我找炸彈有沒有在店裡該死的不見了啦！』

孫莫凡十萬火急，所有標點符號都連在一起，李小倩聽了半天才恍然：

「炸彈不見了！」

03

孫莫凡發現炸彈不見是在起床後五分鐘。

他忘記了大部分昨天晚上消波塊說過的話，唯一記得「要把炸彈送到大禮堂」，於是他打開背包想看看炸彈是否安好，接著便受到了今日首次的驚嚇。

不見了！怎麼可能？我昨天明明有把炸彈放進去啊！難道說我記錯了？孫莫凡腦袋一片混亂，連忙撥電話給廖東海，卻遲遲沒有人接。他想起來這時間「四海一家」還沒開門，老闆肯定也還在睡。

因為等會就要上課，直接殺過去找是不可能的了，孫莫凡無奈之下只好求助李小倩，兩人在電話中雞同鴨講老半天，他才想起來，不對啊，好像不是在店裡丟的。

就那一瞬間，孫莫凡斷掉的神經突然接上，他想起來了，昨天回到家之前在附近的速食店借了廁所，書包就擺在外邊！如果有人要偷翻他的書包，就只有這三分鐘的空檔！炸彈一定是在那時候不見的！

我怎麼會這麼白痴啊！居然把委託人的東西弄丟了，上廁所的時候應該把書包帶著這不是基本常識嗎！

孫莫凡跪在地上，仰頭哀號，無語問省電燈泡（因為房間裡看不到蒼天），他好恨。

先別說沒了炸彈舞台劇就演不下去，委託失敗的話他拿不到錢，可能還會從此變成黑名單，而且要是讓老闆知道了，他會死得很難看，這才是重點。

是哪來的小偷這麼缺德，什麼不好偷偏偏偷炸彈！該不會是流浪漢以為是便當就順手拿走了吧，孫莫凡覺得非常有可能。之前他把買好的便當掛在狼狼的握把上去買個飲料，一回頭便當就不見了。

可惡的便當小偷——你知不知道那個不只不能吃還可能斷了我的收入啊啊啊！話說罪魁禍首根本是消波塊吧，沒事把炸彈做得那麼像便當做什麼？是沒有別的東西可以替代了嗎！

「嗯？」

孫莫凡忽然冷靜下來了，替代？

晚上七點二十分，孫莫凡穿著背後有「一線天」LOGO的紅色防風外套，抱著紙箱來到校分部門口。

當然，紙箱裡裝的不是消波塊做的假炸彈，而是孫莫凡高中時候用的便當盒。

雖然不太一樣，但遠遠的看應該不會有人發現，孫莫凡覺得能想到這個點子的自己簡直是天才。

他走進分部，一樓是大廳，禮堂在地下室，大廳中央擺著學校創辦人的銅像，兩邊有佈告欄，張貼近期活動的資訊。

舞台劇的海報就貼在最醒目的位置，黑底紅字寫著：

重現二十年前的悲劇，誰也無法從輪迴中逃離。

最下方附著那張消波塊給孫莫凡看過的照片，還簡單寫著「劇場謀殺事件」的過程，明說今天的劇目，就是二十年前死人的那齣戲，就連演出日期也和當年相同，也就是說觀眾們都是在知道那件事的情況下才進場的。門口的櫃檯還有位工作人員幫忙保管手機，據說是為了讓觀眾更能入戲，是不能帶手機進場的，這也是消波塊的主意。

真是怪了，怎麼會有人自願來看這麼邪門的戲？孫莫凡不太能理解，看看時鐘，離預定時間還早，正打算休息一會兒，手機響了，竟然是消波塊打來的。

為什麼！他怎麼會在這個時候打給我？難道是我把炸彈弄丟的事情被他發現了？孫莫凡一下就心虛了，心臟「咚咚」地猛跳，他搖搖頭，不，不可能，他不會知道的！要冷靜，總之裝傻就對了。

「喂？」

孫莫凡接起電話，努力讓自己的聲音保持正常，但仍出現了不自然的抖音。

『喂，你現在在哪裡？』

「我已經到分部了啊，幹、幹嘛？」

『我們的葡萄酒不見了！』

「蛤？」

『我不是跟你說了嗎，葡萄酒是我們的信號，演員把酒喝完你就可以上台了！我們之前有先調好加了食用色素的水當道具，結果剛剛才發現不見了！幹，不知道是誰給我弄丟的！』

他有說過這個嗎？孫莫凡半天想不起來，仍問：「那怎麼辦？」

『還問怎麼辦？你現在去便利商店幫我買一罐台灣啤酒回來啊！』
「欸？可是……」
『我會給你加錢啦！快點快點，還有五分鐘就到那場戲了，等你喔！』
對話被單方面結束，孫莫凡站在原地，做了三次深呼吸，把所有髒話吞回肚子裡，認命去買啤酒。
最近的便利商店距離校分部也有三分鐘路程，孫莫凡以最快的速度來回，衝進大禮堂，裡面坐滿觀眾，大夥都專心地看戲，沒有人注意到他。
一個穿著黑衣的人從舞台側邊的樓梯下來，穿過走道來到孫莫凡面前，跟他道謝，然後拿了啤酒跑回去。這次的動靜比較大，不少觀眾都盯著那人瞧，孫莫凡不自覺把身子往暗處縮了縮。
舞臺上有兩位演員，一男一女，身穿歐洲風格的衣服，隔著一張桌子面對面坐著。男主角的台詞說到一半，黑衣工作人員突然跑上去把啤酒拿給他，引來一陣譁笑。他不好意思地對觀眾做了「抱歉」的手勢，很快又回到角色裡。
男主角把台灣啤酒打開，倒進桌上的玻璃杯裡：「喝完這杯酒，我們就不要再見面了。」
「真的要這樣嗎？」女主角泫然欲泣。
男主角沉痛地點頭：「是的，這是唯一的辦法！只有離開這裡，離開我，才能保障妳的安全。」
女主角又說了什麼，孫莫凡沒聽清，他對舞台劇本身的內容完全沒興趣，只關心他們到底什麼時候要喝酒。
他快要睡著的時候，女主角摀著臉跑掉，消失在舞台的布幕後方，這場戲結束了。
舞台上只剩下男主角一人，他拿著酒杯站起來，轉過頭，與站在門口的孫莫凡的視線交會在一起，然後乾了手中的酒。

好！就是現在！

孫莫凡抱起紙箱，穿過觀眾席中間的走道，一步步靠近舞台，李小倩、廖東海和劉白等人坐在前排座位，都對著他笑。觀眾們很好奇這個不速之客是誰，都往他看去，互相竊竊私語。

被那麼多人盯著看的感覺怪彆扭，孫莫凡想趕緊結束這場戲，小跑步來到舞台邊，舞台的高度在他的胸口左右，所以他得仰頭才能和演員說到話。

孫莫凡把紙箱放到舞台上，男主角正要伸手去接的時候，忽然臉色一變，摀著胸口跪倒在地。

「你、你怎麼了？」

孫莫凡問，男主角並沒有搭理他，痛苦地喘著氣，張口似乎想說什麼，但聲音全都梗在喉嚨，只發出乾啞的呻吟。

奇怪，跟說好的不一樣，劇本裡沒有這段啊！

孫莫凡焦急地回頭，看見劉白跑過來，兩手一撐翻上舞台，攙扶幾乎要暈倒的男主角。

觀眾們的騷動更大了，與此同時，天花板上「啪啪」幾聲，燈全部熄滅，只剩下舞台上的兩盞聚光燈還亮著。掉在地上的空玻璃杯裡面還有一些殘留的液體，在聚光燈映照下反射出令人不安的顏色。

男主角喘著氣，撐開眼皮，對劉白說：「酒……」

他沒有關掉麥克風，所以聲音清楚地迴盪在禮堂裡。

「酒……有問題……嗚……」

男主角說完，居然從嘴裡嘔出了大量的鮮血。

04

看見血，不少觀眾都嚇到了，有人想報警，才想起來手機都放在外面。他們朝門口跑去，想要把情況傳達給外界的人，但不管怎麼推怎麼拉，門就是打不開。

「二樓還有出口！」

劉白抬頭對著二樓的觀眾大喊：「這裡總共有六個出口，都去看一看！」邊把暈死過去的男主角往後台拖，禮堂裡於是充滿神色慌張四處奔走的人，孫莫凡抱著紙箱子發愣，什麼也沒辦法思考，忽然感覺有人拍了他的肩膀。

「啤酒是你買來的？」

那人也穿著戲服，手裡拿著一支譜架，他同樣沒有關麥克風，說出來的話都毫無保留地呈現在觀眾面前。

孫莫凡看著他，一時沒反應過來。

「我問你，啤酒是不是你買來的？」那人把拿譜架的手攥得更緊了。

孫莫凡點頭。

「你為什麼要下毒？」

「蛤？」

「你為什麼要在裡面下毒！你跟他什麼冤什麼仇！」

「我、我沒有啊！」

孫莫凡終於搞懂對方的意思，敢情這會兒他成頭號嫌疑犯了！那傢伙手裡的譜架分明就是要用來打他的，被這玩意兒砸下去再硬的腦殼也成雞蛋了！

「你這人渣！」

那人飆罵一聲，掄起譜架往孫莫凡揮去，台下響起觀眾的驚叫。孫莫凡抱著頭蹬下階梯，抬眼搜尋出口，每個出口前都擠滿了人，但他們都沒能出去，所有的門都鎖死了。因為分神，他踩空了一階樓梯，面部朝前跌落地面，眼看那人就要衝上來了，他焦急地在禮堂中尋找劉白的身影，卻看見了另一個不可能存在的人物。

觀眾席後半段，最角落的位置，有個男人坐在那裡。

他戴了一頂扁帽，蓄著大鬍子，一身破舊的毛衣──就和那張照片上的一模一樣。

「是他！」

孫莫凡指著男人狂吼：「二十年前死掉的那傢伙！」

這麼一喊，大夥順著他的手指看去，包括想拿譜架砸他的演員，都被那男人嚇得不知所措。這時有誰飛快地朝男人跑去，手裡還抓著相機，孫莫凡定睛一看，這不是李小倩嗎！

「李小倩，不要過去！」

孫莫凡大喊的同時，男人站了起來，閃身竄進樓梯口，那是通往二樓觀眾席的樓梯。李小倩不甘示弱追上去，孫莫凡也爬起來從另一邊的樓梯來到二樓，如果兩邊夾攻的話，那人定是逃不掉的。

雖然不知道他是人是鬼，又為什麼會出現在這裡，可他和男主角中毒的怪事，不可能沒有關係！

孫莫凡跑到二樓，男人已經站在那裡了，近距離一看，跟照片上又更像了。李小倩堵在他後面，讓他進退不得，他低著頭，帽簷遮著臉，看不清表情。

還留在二樓的觀眾們都退到後面去，縮在角落，伸長脖子好奇地觀望，不知哪來的聚光燈打在他們身上，讓孫莫凡有個錯覺，好像他們才是這齣戲的演員。

「你是誰？」孫莫凡問。

男人沒有回答。

「你真的是二十年前死掉的系草嗎？你回到陽間是為什麼呢？回來報仇嗎？你可不可以轉過來讓我看看你，我、我第一次看到真的鬼，好感動喔！」

李小倩連珠炮般說著，邊張開雙手朝男人走去，孫莫凡大喊：「不要動！」

「我求求妳，不要添亂好不好？這傢伙怎麼看就不像鬼嘛！」

孫莫凡這話說得沒把握，所以尾音有點顫抖，但是他忍下來了。

輸給誰都不行，至少不能在李小倩面前出醜，要讓她知道，我孫莫凡也是很有種的！

「在啤酒裡面下毒的是你對不對？」孫莫凡冷笑：「毒藥不在我買來的啤酒裡面，而是在那個玻璃杯裡，對不對？不管你的企圖是什麼，不管你是人是鬼，我要告訴你——」

嘰——

孫莫凡說到一半，有什麼尖銳的金屬摩擦的聲音從樓下傳來，他轉頭一看，原來是舞台後方的投影屏幕，在沒有人控制的情況下突然掉下來了，但更讓他震驚的是，屏幕上寫著一行字。

悲劇已經重演，誰也無法從輪迴中逃離。

黑暗的禮堂，只有舞台上的聚光燈亮著，那些紅字分外顯眼，登時，所有的聲音都靜止了，現場靜得連人們的吐息都聽不見。

孫莫凡感覺自己全身的力氣一下都消失了，像是被什麼給抽乾了一樣，他知道，自己真的怕了。

「小心！」
是李小倩的聲音，孫莫凡都沒反應過來，感覺肩膀被重重撞了一下，那個男人掠過他，跑下樓梯。
豈能讓你逃掉！
孫莫凡回過神來，摀著被撞疼的肩膀追了上去，男人前腳把鐵門關上，他後腳就把門打開，看見的卻只是空蕩蕩的樓梯間。
「怎麼可能……」
這四個字毫無防備地從孫莫凡嘴裡溜了出來，怎麼可能！好好一個人怎麼會憑空消失！這時，樓下的觀眾席又是一陣尖叫，孫莫凡趕緊跑出去，看見有兩個人從後台出現了，緩緩地走向舞台中央。
是劉白，他的脖子被一把明晃晃的西瓜刀架著，拿刀的竟然就是方才從樓梯間消失的男人！
孫莫凡呆然，從他們所在的地方，到舞台至少也需要兩分鐘，就算那男人的速度再怎麼快，都不可能在這麼短的時間內出現在舞台上，況且，他是親眼看著男人把鐵門關上的！
難道……他真的是鬼？
想到這裡，孫莫凡管不了那麼多了，飛快地跑下樓，嘶吼著衝上舞台：「不准動——」
被刀子架住的劉白看見孫莫凡，一副快哭的表情，男人沒有任何動作。
「放開他。」
孫莫凡踏上舞台，挺著胸膛，吼道：「我叫你放人！」
男人似乎冷笑了一聲，把刀子又壓得更緊了。

孫莫凡距離他倆只有幾步之遙，但他不敢再往前，生怕男人真的下手。所有的觀眾也都為之屏息，靜靜地看著接下來的發展。

孫莫凡轉動眼珠子，想從這些人當中找到一個夠力的幫手，這時，他看見了消波塊。

沒錯！那是消波塊沒錯，他站在二樓，也就是剛才和男人對峙的地方，他靠著欄杆，手裡拿著一副望遠鏡，正看著他們。

他怎麼搞的？孫莫凡無法克制自己的震驚，消波塊的嘴角居然泛起一抹笑容，他的臉上絲毫看不見任何的緊張，反而顯得非常興奮。

他為什麼……會露出那種表情？難道這件事的主謀，就是他嗎？

這時，消波塊突然舉起手，朝舞台的方向打了個手勢。

男人看見，立即用刀刺進劉白的腹部，又用力抽出刀子，鮮血噴湧而出。

劉白睜大眼，似乎不敢相信自己身上發生了什麼，他維持這個表情「碰」地倒地，血染紅了他的衣服、舞台的地板，他的身子軟綿綿的，再也沒有動靜。

「下一個，就是你。」

男人轉過身面對孫莫凡，把刀子指向他。

孫莫凡很想尖叫，很想逃走，可是他只是乖乖地舉起雙手，說：「不要殺我。」

他身上沒有任何武器，他沒辦法做出反抗，他不會打架，不知道該怎麼辦，所以他只能投降。

他恨死了自己，朋友在眾目睽睽之下被殺，他居然怕到忘了要上前阻止！怎麼會這樣？我只是想好好送個快遞，為什麼會這樣——

「孫莫凡——！」

一道洪亮的嗓音劃破寧靜，孫莫凡愣了下，抬頭看見李小倩站在舞台下面。

「孫莫凡！我剛剛看出來了！那張二十年前的照片的影子在人的右邊，但是另外一張下午四點多，在同個地方拍的照片，影子卻在人的左邊！」

「妳現在跟我講這個幹嘛啦！」孫莫凡已經快哭出來了。

「你笨蛋啊！這表示二十年前的照片不是在下午四點四十四分拍的，那是假照片啊！根本就沒有什麼『劇場謀殺事件』，當然也沒有系草死掉，全部都是假裝的！」

李小倩大吼。

瞬間，全場靜默。

孫莫凡回頭看著男人，發現他拿著刀子的手在顫抖，同時，二樓看臺的消波塊做了暫停的手勢，可男人並沒有看見，他朝孫莫凡衝過去了。

「啊啊啊啊啊這、這樣說起來！我知道了！你這傢伙其實是——」

孫莫凡還未說完，男人就摀住他的嘴，把刀子亮在他面前。孫莫凡也不知哪來的力氣，掙脫他的手，一把奪過刀：「現在給我從實招來！」

這回換男人舉手投降了，他搖搖頭，緊閉著嘴，似乎什麼都不打算說。

「你、還有你！」

孫莫凡瞪了消波塊一眼：「你們是共犯！是你們策劃了這場謀殺案，變態殺人狂！」

男人似乎愣了一下，隨即點點頭，露出微笑。

孫莫凡把刀尖朝向男人，狂奔過去：「殺人，就得償命——」

噗！

刀子的大部分刀刃都沒入了男人的衣服裡，深埋在他的腹部中。
「欸？」
孫莫凡冷靜下來了，等等，他確信方才是男人自己過來撞他的刀子的，他並沒有那個意思，他不打算殺人，只是想嚇唬他而已啊！
「哇啊啊啊啊你幹嘛找死啊！我沒那個意思啊！」
孫莫凡一急，把刀子拔出來了，男人的腹部開始噴血，他倒下來，跟劉白一樣，動也不動了。
幾乎就在同時，禮堂大門被撞開，幾個穿著警服的人衝進來。他們全都面無表情，可全都盯著孫莫凡看，其中一個警察步伐特別大，三兩步跳上舞台，將他反手上銬，中氣十足地說：
「你有權保持沉默，你所說的一切都將作為承堂證供。」
孫莫凡握著刀子的手鬆開了，刀子掉在地上，立馬被另一個警察撿起來，然後他被警察團團包圍，拖下舞台，站在底下迎接他們的人，竟然是消波塊！
消波塊面露微笑，重重地拍了孫莫凡的肩膀：「辛苦你了！」
「我、我……」
孫莫凡剛想辯解什麼，聽見有腳步聲傳來，回頭一看，方才喝了毒酒吐血的男主角，和舞台劇其他的演員們，全都從布幕後走出來站成一排，連應該中刀身亡的神祕男人和劉白也都好端端地站起來，加入演員的行列。
他們手牽著手，面向觀眾，深深一鞠躬。
此時，觀眾們終於意識到發生什麼事，報以滿堂的掌聲。
有人把孫莫凡的手銬解開了，他一下子癱坐在地：「所以……這都是演戲？」

「廢話，不然你以為哪有那種事？」
消波塊攙起孫莫凡，把他推向舞台中央，拿來一支麥克風對觀眾說：「給我們最辛苦的演員掌聲！感謝他帶給我們完美的即興演出！沒有劇本！沒有排練！純天然無污染！讚！」
源源不絕的掌聲與歡呼，瞬間淹沒了孫莫凡。
孫莫凡抿著嘴，低下頭哪兒也不敢看，他覺得好丟臉。消波塊把麥克風塞給他：「不發表一下感言嗎？」
孫莫凡接過麥克風，乾乾地擠出一句：
「下次……拜託你們，讓我好好送個快遞行不行……」

05

「所以……你們到底是怎麼搞出那些靈異現象的？」
演出結束後，回到「四海一家」的孫莫凡雙手抱胸，質問坐在他對面的劉白。
「這是商業機密，無可奉告。」劉白露出一個很欠打的笑容。
「我是最大的受害者好嗎！你們把我嚇得半死，還不告訴我怎麼嚇的，你是要我怎麼睡覺！」
孫莫凡拍桌，劉白的笑臉僵在那裡，然後他在心中對消波塊說了聲抱歉，決定從實招來：「好吧，你想知道啥？」
「先講那張照片的事情，照片可以用合成的我知道，那新聞呢？討論區的留言呢？」
「那些都是消波塊做出來的。」

「真的假的！」孫莫凡指著手機：「新聞欸！新聞的網頁欸！」

「那是他自己架的假網站，討論區的發文日期也是到後台去修改的。」

「靠，怎麼可能？他又不是管理員，怎麼可以亂改日期……」

「他是駭客喔。」劉白打斷他。

「駭什麼？」

孫莫凡一愣，哇靠！不會吧，那個矮小子居然是駭客？聽起來超屌的啊！不過有入侵網站後台的技術居然用在這種地方，會不會太浪費了一點？簡直是暴殄天物。

「我就說他是『天才』嘛，什麼都會什麼都不奇怪啊。」

劉白的語氣非常淡定，其實他沒有完全說實話，那張合成照片是他自己做的，因為他對光影方面的細節完全沒概念，才會在影子上出了包。

「那、那炸彈呢？」孫莫凡突然想起來，消失的炸彈還沒找到呢。

「當然是騙你的啊，你那天回程的時候不是去了一趟廁所嗎？我偷偷跟在你後面，趁那時候把炸彈拿起來了。打從一開始，你要送的東西就不是炸彈，是那罐台灣啤酒啦。」

「幹嘛要這樣！」

「古人有云，做戲就要做全套啊！前一天就開始讓你醞釀情緒，這樣你到時的表現才會更自然、更有看點啊。」劉白再度咧開嘴角。

「點你個大西瓜喔喔喔！你們為了整我鋪梗也鋪太久！」

「老孫！冷靜、冷靜！桌子才剛換新的，不要掀！」

「呼……呼……」

孫莫凡瞬間熄火，對，桌子才剛換新的，不能掀。

「那……那個大鬍子怎麼會突然從二樓跑到舞台上的？」他問。

「當然是因為有兩個大鬍子啦！在二樓的那個是消波塊，舞台上的是另外一個演員。消波塊跑出去的時候躲在門後面，你開門就剛好擋住他，當然什麼都看不到，哈哈哈哈哈……」

「笑屁喔！」

「哈哈哈哈對不起我覺得你好好玩哈哈哈……」

「我要告你們，一定要告你們！你覺得我好欺負是不是！我是快遞！快遞！只負責送貨！不要叫我去做送貨以外的事情！」

孫莫凡拿出手機：「我要告訴申哥，看你們還敢不敢！」

「好啊！不過先警告你，你會後悔的！」

劉白笑著說，孫莫凡感覺他好像又有什麼陰謀，可他一點也不害怕。

沒有人敢違抗小申——也就是孫莫凡的老闆，「一線天」工作室的創辦人，用一副雙節棍和一支金屬球棒打遍天下無敵手，締造了無數的傳說。劉白那小子算個啥？小申一句話就能讓他嚇得魂飛魄散！

死吧陰險的傢伙們！

孫莫凡把電話開擴音放在桌上，等著劉白被公開處刑。

響了幾聲後電話接通了，小申慵懶的聲音傳來：『喂？』

「喂？申哥啊——」孫莫凡瞪著劉白：「我碰到奧客了欸，他們騙我送包裹，其實是把我抓去演舞台劇，我……」

『誰？叫什麼名字？』小申的語氣立馬變了。

孫莫凡故意大聲說：「他說他叫做消波塊，海邊的那個消．波．塊喔！」

『……』

電話那頭安靜了一會，孫莫凡隱約聽見悶悶的笑聲。

『小孫，你要不要看看我們「一線天」APP的圖示？』

「啥？」

孫莫凡打開手機資料夾，「一線天」專屬APP的桌面圖示，是個圓形的框，裡面有個灰色的、三個角的、有點像營養不良的粽子的神祕物體。

『看到了嗎？你現在用的APP就是消波塊做的，他幫了我們很多忙，你偶爾讓他使喚一次不過分吧？』

孫莫凡寒毛直豎，連忙答：「不、不過份！一點也不過分！」

『知道就好，我先掛啦。』

說完，小申便把電話切了，孫莫凡萬分尷尬，劉白已經憋笑憋到快缺氧。

「哈哈哈我就說你會後悔嘛哈哈哈不要難過啦我請你吃關東煮，啊哈哈哈哈哈……」

「……」

孫莫凡的心靈前所未有的平靜，他想，我還是辭職算了。

包裹三：生猛活體，產地直送

01

「這就是妳說的包裹嗎？」

孫莫凡望著眼前這足足有他半個人高的大紙箱，咋舌。

「對啊。」

自稱是委託人的年輕女子簡短地回應。她穿著簡便的襯衫、牛仔褲，身材矮小，耳後夾著一支鉛筆，顯得相當精明幹練。她抽出那支鉛筆迅速地填好委託單，交給孫莫凡：「今天晚上八點前幫我送到這個地方，只要放在門口就行了。」

孫莫凡看了看單子，上面「內容物」的欄位是空白的。

「那個，妳少寫了一欄喔。」

「嗯？有嗎？」

女子湊過去看，隨後笑了笑：「不知道包裹的內容，就沒辦法幫我送嗎？」

「沒有啊，只是規定就是這樣……」

「也就是說，不知道一樣可以送嘛。」

「啊？妳有在聽我講話嗎？」

「弟弟啊，你還年輕，聽我一勸。」

女子突然搭上孫莫凡的肩膀：「有時候知道得越少，對你反而越好喔。」

說完，她便一個俐落轉身，踏出「四海一家」的大門。

孫莫凡眉頭抽了抽，努力忍住把委託單撕爛的慾望，看著那個大得不尋常的包裹。

再過一小時，「四海一家」就要開門營業，人潮便要多起來，孫莫凡想，得把箱子先移去後門。

「嘿咻！」

孫莫凡使勁一推，箱子紋絲不動，他再推，箱子稍稍挪動了一點點距離，大約三公分。

「這什麼鬼啊，怎麼這麼重！」

孫莫凡想起方才那女子是用推車把箱子推進來的，早知道就在她走掉之前先讓她來換位子！他打開店裡的儲藏室，沒找到推車，也沒有任何可以代替的東西。

算了，找人幫忙！孫莫凡喊了幾聲店員的名字，沒人回應，他才想到這還不到上班時間，連老闆都還在睡覺呢，店裡現在根本沒人。他只好去七號包間敲門，沒多久，臉上貼著面膜的李小倩出來了。

「啊！」

突然見到一張大白臉，孫莫凡被嚇了一跳：「幹嘛敷面膜啊！」

「保養啊。」

「妳還需要保養喔？再怎麼保都是那個鬼樣子……」

「你叫我出來就是為了聽你講廢話喔？」

「不是啦！幫我推箱子！」

孫莫凡說著抓起李小倩的手，卻被甩開了，他這才意識到對方再怎麼也是個女孩子，終於開始不好意思起來。李小倩似乎也挺尷尬，半天不知道該說啥，撕掉面膜往垃圾桶一丟，乾笑幾聲：

「嘿嘿。」

「嘿屁喔，來啦。」

見對方沒有生氣，孫莫凡也很快拾回了平常的狀態，帶李小倩出去和包裹相見歡。

「客人的包裹，來幫我推到後門。」

「好大——裡面是什麼？」

「不知道。」

「不知道？」

「她沒告訴我啊！」

「那要怎麼搬？倒過來？」

「不行。」

「為什麼不行？橫著搬應該比較容易吧。」

「妳看啊。」

孫莫凡把委託單遞給李小倩，在「備註」一欄，洋洋灑灑列了五大條：

一、請保持頂端朝上，勿倒置、勿橫放、勿丟。

二、請將包裹置於通風處。

三、請勿將包裹交給第三者。

四、如有一切異常（例如聽見怪聲）請一律無視。

五、請勿試圖窺探包裹內容。

「這什麼跟什麼啊？」李小倩看得莫名其妙。

「不知道，可是既然是委託人要求的，也沒道理不聽。」

「你們是顧客至上主義欸。」

「不對。」

孫莫凡搖搖手指：「是『老闆第一、顧客第二』主義。」

在這小小的工作室裡，一切老闆說了算，如果老闆沒說過的，那就顧客說了算。孫莫凡雖然經常碰到所謂「老闆沒說過」的事情，但他才沒那麼找死，天天給老闆打電話，所以只好人家說啥，他就聽啥。

這就是食物鏈最底層的悲哀啊！孫莫凡無數次這麼感嘆。

所以，這次也一樣，委託人讓你不要動，你就不能動。

孫莫凡和李小倩一人抱著紙箱的一邊，使勁一抬，突然「劈刷」一聲，好像有什麼東西破掉了，同時，孫莫凡也感覺手中的紙箱好像輕了很多。

「怎、怎麼了？」李小倩慌亂地問。

「不知道啊！」

是紙箱破了，裡面的東西掉出來了嗎？孫莫凡仔細看了看，卻又好像沒有異常。

「是我們聽錯了吧！」李小倩說。

「兩個人同時聽錯喔？哪裡那麼巧。」

「世界之大，無奇不有嘛。」

「好吧……」

孫莫凡姑且相信，重新抱起紙箱，不知道是不是錯覺，紙箱真的變輕了。他朝著後門慢慢往後退，突然，他瞥見地上的影子，感覺有些不對頭。

這左邊的影子是他自己，右邊的影子是李小倩，中間那個紙箱的影子底下怎麼會有兩條腿呢！

「啊啊啊啊！」

孫莫凡嚇得放開了手，長了腳的紙箱從李小倩手中掙脫，開始在店裡暴走。

「你看你看！我就說嘛，世界上真的什麼怪事都有可能發生喔！」

「別廢話了！快幫我追啊！」

孫莫凡起身要去追箱子，誰知道箱子撞上牆壁，倒在地上滾了半圈，不動了，就剩露在外面的兩隻腳還在微微抽搐。

「他不動了……」

孫莫凡和李小倩對視一眼，緩緩地接近箱子。

方才那麼一撞，紙箱都凹陷了，不知「內容物」是否安好。

「要打開嗎？」李小倩問。

孫莫凡板著臉思考一會，堅決地說：「不行！」

「為什麼不？這裡面是人吧！」

「就是因為這樣才不能打開啊！妳想想，是什麼情況才會需要把人裝箱啊！」

李小倩立刻會意過來，壓低聲音道：「綁架！」

「對啊！反正一定不是什麼好事！」

「那怎麼辦？要報警嗎？」

「妳白痴啊！報警的話他們一秒就知道是我！妳想害我被作掉啊！」

孫莫凡說完腦子一轉又覺得這話挺窩囊，他就算沒有關雲長那樣義薄雲天，基本的正義感還是有的，總不能見死不救是吧？再說他們是光明正大的快遞工作室，不是什麼收黑錢辦事的地下組織啊！

他坐了下來，認真思考應該怎麼辦，報警這條路行不通，自己又沒能力處理，這麼說的話，果然還是只有跟老闆報備了。他拿出手機，在店裡來回踱步，猶豫著該不該撥出那個號碼，如果是他最尊敬的老闆，一定可以很好地處理，可是——

這樣不就等於投降，證明他是個沒用的男人了嗎？

想到這裡，孫莫凡把手機放下了。

不行！不能什麼都依靠老闆！我也要硬起來啊！

孫莫凡在紙箱旁邊蹲下：「我們自己來吧！把紙箱打開！」

「咦？為什麼突然改變主意了？」

「妳不要管那麼多，去把美工刀拿來！」

孫莫凡對著紙箱說：「放心吧，我們是站在你這一邊的！」

02

李小倩拿著西瓜刀過來的時侯，孫莫凡才想起來箱子的底都給戳穿了，應該不用刀。他往紙箱底部一看，首先看到的是兩塊保麗龍，兩截小腿從裡面穿出來，窄版牛仔褲，還配厚底靴。

挺騷包啊，大夏天穿靴子，也不怕香港腳。

咳，重點不是這個，這又不是電視機還是冰箱幹嘛塞保麗龍啊！這樣人還能呼吸嗎？從剛才到現在他動都不動的，到底還活著沒有？

孫莫凡讓李小倩抱著箱子，抓住那人的雙腳往外拖，卻死都拖不出來，看樣子是被保麗龍卡住了。

這綁匪真惡毒，怕人質掙脫箱子，才塞了這麼多保麗龍進去。他接過李小倩給的西瓜刀，把外層的紙箱割破，小心翼翼地掀開，看見一張鑲嵌在保麗龍裡的瓜子臉。

沒有錯，保麗龍把他全身都包住了，只有一個圓形的洞，人臉恰恰好卡進去，確保呼吸又難以掙脫，手法十分新穎，孫莫凡甘拜下風。

箱子裡的人現在正閉著眼睛，看似安穩地睡著，兩人都沒敢叫他。

「好帥喔！」李小倩發表了感想。孫莫凡仔細一看，此人頭髮染成淡棕色，睫毛很長，鼻樑角度看上去像外國人，嘴唇豐滿吹彈可破……長得挺標緻，就不曉得究竟是得罪了哪路神仙，被整成這副模樣。

「先把保麗龍拿掉吧。」

孫莫凡伸手去扒保麗龍，掰不開，原來是被膠帶纏住了，只好又抄起西瓜刀，打算一口氣割下去的時候，那人忽然睜開了眼睛。

「——！」

那人先是發出了無聲的吶喊，兩腳一蹬踢了孫莫凡的下巴，一個鯉魚打挺站起身，三倍速月球漫步後退至五米之外，整個動作一氣呵成。

在李小倩的眼中，他包裹著保麗龍的身姿看上去宛如一塊躍動的百頁豆腐。

「你、你先冷靜，不要激動。」

好不容易找回重心的孫莫凡站起來，舉起雙手投降。

「對啊，不要激動，我們是來幫你的。」李小倩也幫腔。

百頁豆腐瞪著兩人看了一會，開口：「刀、刀子。」

「刀子？喔，刀子。」

孫莫凡說完把刀子往後一丟：「現在沒了。」

百頁豆腐又說：「吧台。」

孫莫凡回頭一看，刀子直挺挺插進吧台桌面上了，正快樂地等待亞瑟王。

「咳，那不重要。」

其實孫莫凡想的是「完蛋了廖東海起床會殺了我」。

「你們是誰？」百頁豆腐追問道。

「呃……我是快遞，你是我的包裹，有人委託我今天晚上八點之前把你送到某個地方，你有頭緒嗎？」

百頁豆腐聽完，不知為何突然問：「你們知道我是誰嗎？」

孫莫凡和李小倩面面相覷，鬼曉得，這孩子莫非是失憶了？

「你們真的不認識我？」

「啊不然咧？應該說，你為什麼會覺得我們認識你啊？」

「這樣啊。」

百頁豆腐似乎受到了不小的打擊。

「你還好嗎？要不要去看醫生？」李小倩問得挺真誠。

「不用了，你們可以先幫我把保麗龍拆下來嗎？」

廖東海一進店門就看見了吧台上的刀。

嗯？上一次我修理吧台是什麼時候來著？喔，一個月前，流氓打架才把吧台砸爛的，只間隔了一個月……一個月……他用了很大力氣，沒能把刀子拔出來，習慣性地喊：「小申！」

沒人回應，他嘆了口氣：「胡子越！篤驀然！」

還是沒人回應。

「阿西……」

廖東海捏捏眉心，沒關係，等人都來了再處理，不要生氣，不要生氣……我已經是個成熟的男人了，要冷靜——

「一百萬！那不用說換吧台了，整間店都能整修一遍了欸！」

七號包廂裡，突然迸出一句驚天動地的吶喊，震斷了廖東海的理智線。

「好，這裡不會有人聽到了，先說，我是不幹非法勾當的喔。」

孫莫凡鎖上七號包間的門，對端坐在床上的百頁豆腐說。因為他一直不肯透露自己的名字，只好這麼叫。

「我保證不會把你們牽扯進來。」

百頁豆腐說出像是香港警匪片一般的台詞。

「那就好，所以，到底是要委託什麼？」

「我想委託你護送我，擺脫那個女人的追殺。」

「送……」

孫莫凡腦袋瞬間卡機，倒是李小倩先會意過來：「所以，你也要把自己當成包裹！」

「就是這樣。」百頁豆腐笑了：「期限一樣是今天晚上八點，如果八點之後我沒有被抓到的話，任務就算是達成了。」

「等等，你不要忘記我已經接了綁架你的人的委託喔，現在你又委託我，你們這樣委託來委託去，我很難做事欸！」

「綁架是犯法的，你都說你不幹非法勾當，那個女人的委託理所當然就不成立。」百頁豆腐得意地說，表情像是等候老師褒獎的小學生。

「是這麼說沒錯，但是那是綁匪、罪犯欸！要是失敗了，不只是你，連我都會遭殃！」

「你真的不考慮報警嗎？」李小倩問。

「不能報警，警察是不會幫我的。」

「警察幹嘛不幫你，你不要告訴我你是什麼前科犯喔！」

「我沒犯過法。」

「那．就．去．報．警．啊！」孫莫凡差點腦充血。

「絕對不行！要是敢報警，我就……我就殺了你們！」

「這什麼赤裸裸的威脅！到底誰才是受害者啊！」

「反正，不能報警就對了。」

百頁豆腐態度堅決，孫莫凡自覺遇見了棘手的目標，可這貨細皮嫩肉的，應該不可能會殺人，要不乾脆再把他塞回箱子裡。

「拜託，我不會為難你的，一點也不危險！只要我能活過今晚八點，我就給你們錢！」

「錢？你打算給多少？兩千？五百？一點點錢就要讓人替你拼命，太不食人間煙火了。」

「五十萬。」

「啊？」

「五十萬！」百頁豆腐突然放大聲量：「不然一百萬也可以！你要多少？講得出來我就拿得出來！」

「一百萬！那不用說換吧台了，整間店都能整修一遍了欸！」孫莫凡故作訝異：「你騙肖欸！當我三歲小孩啊！」

框！

孫莫凡說完，包間門應聲被推開，來者是殺氣騰騰的廖東海。他的視線掃過孫莫凡和李小倩，最後停在百頁豆腐身上，瞬間，滿腹的憤怒轉化成疑惑，再變成震驚，差點沒在仨人面前跪下來。

「本、本人！」

廖東海瞪大了眼：「你、你是佟道寰……本人嗎！」

百頁豆腐猶豫許久，最後視死如歸地點頭。

「天啊，怎麼辦？你怎麼會在這裡？咦？真的嗎？我在做夢嗎？」

頭一次看見穩重的廖東海這般表情，孫莫凡也懵了：「他又不是什麼大明星，你那什麼反應？」

「天啊，他就是大明星啊！Aurora☆boys的老么佟道寰啊！電視天天都有他演的戲，上次才拿過最佳男主角，你們真的不知道？」

03

孫莫凡懵逼了，他很混亂，原因是五分鐘前他剛剛曉得了三件事：

一、百頁豆腐的真實身分是大明星佟道寰。

二、佟道寰隸屬的Aurora☆boys是現在最受矚目的新人偶像團體。

三、Aurora☆boys火紅的程度，差不多是走在路上每三步就會被認出來一次。

「沒在關注至少也該聽過名字吧？沒有？天啊，你們是山頂洞人嗎？」

「東海哥，你已經連續說了三次『天啊』了你知道嗎？」

「天啊，你們真的有夠沒常識，太丟臉了，還不快點招待人家？」

廖東海完全沒有聽孫莫凡說了什麼，丟下今日第四次的「天啊」，轉身離開。

包間裡的三人安靜半晌，李小倩問佟道寰：「你真的是明星喔？」

「……算是吧，我也很驚訝，沒想到現在居然還有不認識我的女生。」

哇，超自戀發言。孫莫凡忍不住翻白眼。

「因為我很少看電視啊！對了，你應該沒演過恐怖片吧？」

「呃。」

聽了李小倩的問題，佟道寰打了個冷顫，搖頭。

「我就知道，如果你有演過恐怖片，那我一定會對你有印象。」

「妳喜歡看恐怖片啊？」

「應該說我只看恐怖片。」李小倩抬起頭，露出很得意的表情：「世界上沒有我沒看過的恐怖電影。」

「真厲害……」

「應該說真奇怪吧。」孫莫凡嘟囔著。

「不會啊，像我就對恐怖的東西一點辦法也沒有。」佟道寰苦笑：「我會被裝箱，也是因為這樣……」

「什麼意思？」

佟道寰低下頭，道出事情的始末：「綁架我的，就是我的經紀人。」

「你、你說那個女的？」

「對啊！她要我去上一個網路直播節目，時間就是今天晚上八點，但是那檔節目是靈異主題……」

「你說的是『鬼話家常』嗎！」李小倩突然跳起來：「那個超好玩的欸！我每個禮拜都有看！」

「哪裡好玩！根本超可怕好不好！」佟道寰的表情好像鬼就在他面前似的：「不是我在說，我的膽子超小的，只要聽到『鬼』這個字就會做惡夢的程度！」

孫莫凡差點暈倒：「這種事情還說得那麼大聲！你該不會要說因為太害怕，所以不敢上節目吧！」

「當然啊！經紀人明明就知道我怕鬼怕得要死，還硬是要逼我去，我本來想瞞著她逃走，結果就被綁起來裝箱了！她委託的地點就是攝影棚啦！」

「那她幹嘛委託我，自己送你去就好啦？」

「她臨時有事要回老家，整個晚上不在台北。」

「難怪。」孫莫凡嘆息道：「你就不試試看嗎？凡事總得有個開始嘛。」

「一開始就是直播也太有挑戰性了，根本不能出錯，我沒把握啊。」

「可是，現場直播的樂趣就是看偶像出錯啊，可以看到偶像最真實的一面，也是一種行銷吧……」

孫莫凡其實不怎麼看電視，這句話是從劉白那裡聽來的。

「不可以，我有完美主義。如果讓粉絲看到我怕鬼的樣子，她們的幻想就會破滅，我的官方人設就崩壞了！」

「『官方人設』是什麼？」

「就是官方幫我們設定的性格啊，網路上都找得到。」

佟道寰拿出手機點了幾下，一本正經地唸，佟道寰，團隊中年紀最小的成員，代表色是黃色。天不怕地不怕，樂觀開朗，總是用充滿活力的笑容鼓舞人心。最喜歡的食物是微苦的巧克力，有個小祕密是常常賴床，睡覺喜歡抱著布娃娃……

「停，不要再唸了，我雞皮疙瘩都起來了。」

「對吧，我也覺得很噁心。」

佟道寰把手機收起來，衝著兩人深深一鞠躬：「所以，請你們保護我，讓我活過今天晚上吧！」

「咦？怎麼又繞回來！你真的不去上節目喔？你不是大咖嗎？無緣無故缺席，經紀人跟粉絲哪可能會放過你？」

「一百萬。」

「……」

孫莫凡無語，李小倩推推他的手臂：「一百萬欸，真的不接嗎？」

廖東海小心翼翼地把一球芒果冰淇淋扣在裝滿漸層雞尾酒的高腳玻璃杯上，杯緣放上一片切片檸檬點綴便大功告成。

七號包間的門被打開，佟道寰帶著些許憂鬱的神情緩步走出來，廖東海彷彿看見他渾身散發著耀眼的光芒，那是巨星的專利，太美了！太Amazing了！他被迷得神魂顛倒，秉持最後一點理智優雅地把杯子送到佟道寰眼前：「這是本店夏日限定的調酒，希望你喜歡。」

「蛤？你們什麼時候賣這麼娘砲的調酒了？」

孫莫凡說完，被廖東海用微笑威脅了，他看出那笑容背後的意思是：你再講一句話我就讓你老闆把你鑲在牆上。

佟道寰接過杯子，乖乖地坐下喝了起來，廖東海在旁邊看著，偷偷用手機把這難得的一幕拍下來。孫莫凡見他們都沒往這邊看，把李小倩拉過來講悄悄話。

「妳幹嘛擅自把委託接下來？」

「我覺得很好玩……」

「這我的工作欸，妳玩個屁啊！妳知不知道護送一個大明星是多困難的事情！而且，我已經答應他的經紀人了啊！」

「哼哼，你以為我是什麼都沒想就答應的嗎？」李小倩笑了笑：「我有辦法！」

晚上六點半，廖東海的車死死塞在通往海邊風景區的公路上，副駕駛座坐著難掩興奮的佟道寰。

「我們真的可以到海邊嗎？」

從出發到現在，佟道寰約莫每五分鐘就得問一次，廖東海也都很有耐心地回答，可以可以，只要你想去，我都會帶你去。

「太好了，好感動喔。」

佟道寰翹班跑出來的一大願望就是看海，尤其是夜晚的海。他從沒看過海，以前演過一部電視劇，裡面有男女主角晚上在海邊漫步的橋段，可因為場地問題臨時改了劇本，從外景變成內景，就和海無緣了。

除了工作，佟道寰基本沒什麼機會出門，每次休假都在睡覺中度過，他總是告訴自己「不能再睡了！」然後第二天繼續睡死。這回好不容易逮到機會出來，當然得去海邊！他開心得像個第一次校外教學的小學生，即使塞在車陣中，也覺得萬分自由。

「不曉得孫莫凡他們怎麼樣了……」

佟道寰看著窗外，喃喃地說。

04

『喂？我是SARA，你現在在哪裡？』

突然接到這通電話，孫莫凡還以為是誰的女朋友打錯了，半天才反應過來自己在委託單上看過這個名字，SARA就是這次的案主，佟道寰的經紀人。

「啊，我還在店裡。」

『怎麼這麼晚還沒出發？你確定時間來得及嗎？』

「來得及！請您儘管放心吧！掰掰！」

孫莫凡說完掛斷電話，順手轉成靜音，他擔心SARA再問下去，自己會不小心把真相說出來。

廖東海已經帶著佟道寰逃亡了，現在應該在去往海邊的路上。

對不起了東海哥，就幫我這一次吧……孫莫凡衷心祈禱他會就此忘記自己把吧台捅出一個洞並且直到現在刀子都還拔不出來的事。

「喂，是誰的電話，我們要走了沒？」

李小倩在旁邊問，臉上是藏不住的開心。

當她說要代替佟道寰上節目的時候，佟道寰一秒就同意了，似乎完全不擔心這會對自己的演藝事業造成什麼影響。

「這絕對行不通的啦！你想我被你經紀人告到死嗎！你不只長得像豆腐，連腦袋都是豆腐做的嗎！啊？」

孫莫凡第一個跳出來反對，佟道寰卻說反正是現場直播，什麼狀況都有可能發生，等他們發現也早就來不及。這種時候哪還管那麼多，先斬後奏就對啦！

「SARA為了抓我總是不擇手段，我們也不用跟她客氣！」

這番話另外兩人都舉雙手贊同，孫莫凡只好妥協。

「我先跟你約法三章，如果到時候出了什麼事，不要把責任推給我！還有，你的委託我就只接這麼一次，今後你就是黑名單了，懂嗎！」

「OK！」

佟道寰在委託單上簽字畫押，當然，用的是給粉絲簽名的筆法，這張紙瞬間變得價值連城。然後，佟道寰坐上廖東海的車，高高興興地出發去看海了。

可惡的百頁豆腐……孫莫凡捏著這張身價比他還要高的紙，真想替自己點一炷香。

他們走後不久孫莫凡就接到SARA的電話，他知道自己必須出發了，該來的總是會來。他換好衣服後，把安全帽丟給李小倩：「我會用飆的，給我抓緊一點。」

「廖東海先生，你確定這裡是捷徑？」

「導航是這樣告訴我的啊。」

廖東海故作鎮定，其實早就後悔了。因為不想一直塞車，他中途迴轉抄了捷徑，走另一條市區裡的路。可已經持續開了十分鐘，依然沒有「海邊」的感覺，似乎還越來越往市中心靠攏。

「那個……」

佟道寰又說話了：「你有沒有覺得，那輛車好像一直在跟著我們？」

廖東海看向後照鏡，的確有一輛黑色小轎車跟他們後面不遠。

「從剛剛就在了嗎？」

「他好像是跟我們一起迴轉的，然後就跟到現在。」

「不會吧……」

廖東海首先想到該不會是有粉絲發現車上的人是佟道寰，所以故意跟蹤？可從上車到現在，佟道寰都用外套蓋住頭，壓根看不出是誰，比較像逃犯倒是真的。

他覺得可能是佟道寰誤會了，便試探性地彎進小路，沒想到轎車也跟著轉彎，下個路口他立刻轉出來，轎車也跟著出來了。到這裡他終於確定，這輛車子真的在跟蹤他們。

為什麼？什麼理由？莫非，從他們出發時，就已經被盯上了？

「道寰啊，或許……你有跟人結仇嗎？」

「跟我有仇的人太多了，不過保鏢會把他們趕走。」

不愧是偶像明星！廖東海瞬間忘了原本要問什麼，差點連方向盤都抓不好了。

「這樣的話，我們要不要找個地方下車？我擔心這樣下去會有危險。」

「沒關係，現在人那麼多，就算真的有人想對我不利，也不會在這時候動手。」

「你還真冷靜，天啊，我越來越崇拜你了。」

不，我一點也不冷靜。佟道寰皺著眉頭，不自覺用力咬自己的大拇指，他只要一緊張就會做這個動作，怎麼樣也改不掉。

是誰在跟蹤？他們的目標不會是廖東海，因為沒有理由，所以，只能是我。被人跟蹤、攻擊什麼的，對我來說已經是家常便飯了，可都是發生在公開行程的時候，私生活一直被保護得很好，從沒發生過這種事。

他們知道車子裡坐的人是我，可是，為什麼？我今天一直都跟SARA在一起，中午之後就被她裝箱，然後一路被載到「四海一家」。這期間只有我和SARA在場，所以會知道我的去向的人，就只有我和她而已……

佟道寰瞬間感到一道電流通過腦海，他脫下外套，翻到背面檢查，果真在衣領附近找到一個只有半截拇指大小的方形物體。

可惡，被算計了！SARA為了抓我，真的會不擇手段！

佟道寰把方形物體拔起來，瞄了廖東海一眼，他正專心開車，沒有注意到自己的動作。他偷偷地把那個小方塊貼在車門上，這時正好附近有麥當勞，他立馬要求停車，說想上廁所。

「不用我跟你去嗎？」廖東海很不放心。

「沒關係，我自己去就好！」

佟道寰戴上太陽眼鏡，露出偶像專屬的完美笑容，小跑進了麥當勞。他沒有立刻進廁所，躲在不易被發現的角度看著玻璃窗外，那輛黑色轎車並沒有跟著他們停下來，而是直接駛過去，看樣子應該會停在不遠處。

確定轎車離開，佟道寰閃身溜進廁所，拿出手機，已經累積了一堆節目製作人打的未接來電。他把來電記錄全部刪掉，給孫莫凡打了電話。

『喂？』很快，孫莫凡便接了。

「你在路上了嗎？」

『對啊，所以長話短說，怎麼了？』

「我今天晚上可能沒有辦法回去了，如果SARA問你什麼，只要說不知道就好了！」

『欸？等等，你想幹嘛？喂！喂！』

不顧孫莫凡，佟道寰直接把電話掛斷。

現在開始，就是我和SARA兩個人的戰爭了，既然妳無情，那就休怪我無義！佟道寰從廁所出來，廖東海的車還停在外面，他無聲地對他說了抱歉，從後門出去後，拔腿狂奔。

距離晚上八點，還有十五分鐘——

「我覺得妳還是不要去比較好。」

已經來到攝影棚樓下，孫莫凡忽然產生了臨陣脫逃的念頭。

「為什麼？你知道我有多想上這個節目嗎？可以跟一群名人聊靈異，根本就是天堂嘛！」

「是地獄才對吧！不管字面上還是實質上都是！」

真是的，這女人要單純到什麼地步才甘願啊！就算她自己覺得可以，節目導演、來賓還有一堆工作人員怎麼可能會同意？突然一個來路不明的傢伙說要代替佟道寰上節目，會放行才有鬼哩！

而且剛才佟道寰又打來一通莫名其妙的電話，這傢伙也太不負責任了吧！可惡，都已經來到這裡了，節目馬上就要開始，他們一定到處在找人，這下怎麼辦啊！

孫莫凡焦急得全身冒汗，硬灌了半瓶礦泉水才緩過來，回神一看，李小倩已經去敲攝影棚的門了。

這位自稱是節目製作人的削瘦男子站在攝影棚門口，把李小倩和孫莫凡從頭道腳打量了一遍。

說是攝影棚，其實只不過是一個租來的小套房那樣的空間。孫莫凡本以為會看到好幾台攝影機隨侍在側、工作人員忙碌奔跑的身影，跟想像落差太大，他覺得很掃興。

「妳真的知道，道寰在什麼地方嗎？」製作人開口了，瞪著血紅的雙眼問李小倩。

「真的喔，想我告訴你嗎？」

「Wait，這裡真的是攝影棚？」孫莫凡擋在兩人中間。

「幹嘛，有意見啊？小成本節目還要求那麼高，不爽不要看啊！不然你出錢贊助我啊！錢要省在刀口上懂不懂！」

脾氣那麼大幹嘛！孫莫凡有些退縮，仍本能地問：「應該是『錢要花在刀口上』吧！」

「媽呀，道寰在哪裡認識你這個大外行？錢，要省在，刀口上，這才能省得多、省得聰明，唉，跟你講話好累。」

我才累咧！這大叔是怎樣！

「聽著，我沒有時間跟你們瞎耗，告訴我道寰在哪裡，十分鐘後就要開始錄影了！」

李小倩舉高雙手：「讓我上節目我就告訴你！」

「什麼！」

製作人來了個非常標準的假摔，也就是傳說中的綜藝摔，孫莫凡還以為自己在看什麼古早歌廳秀，氣氛一下冷到冰點。

「妳妳妳說妳想上節目！」

「道寰有事沒辦法來，我是代打。」李小倩擺出揮棒姿勢。

「……妳在跟我開玩笑嗎？來亂的是不是！」

「不不不，我們沒有開玩笑！」

眼看就要被掃地出門，孫莫凡只好拿出SARA的委託單給製作人看，簡單說明事情經過。製作人原本還在氣頭上，聽著聽著，露出有點無奈的笑容：「真的是SARA的字跡……」

「你知道？」

「我跟SARA是好幾年的老同學了，所以才拜託她讓道寰來上節目，可以炒一點話題，沒想到她馬上就同意，我還高興半天。」

「結果……佟道寰本人根本就不願意。」孫莫凡大概明白怎麼回事了。

「他真的太任性了，難道是進入叛逆期了嗎……」

「都幾歲了還叛逆期啊？」

「上個月剛滿十八，應該不算老吧！」

製作人若無其事地說出這句話，孫莫凡也綜藝摔了，不，是貨真價實地摔在地上，他真的太震驚了。

「真的假的！十八歲！比我還小欸！演藝圈的人都這麼早熟喔！」

「壓力使人成長。」

製作人說著把委託單還給孫莫凡：「沒有時間聊天了，你們現在只有兩個選擇，一，把佟道寰立刻抓到我面前，二，代替他上節目，選一個。」
「我我我！我要上節目！今天林止央老師有來，對不對！」
李小倩再度高舉雙手跳入製作人的視線，林止央是個有執照的道士，經常上電視分享各種奇聞，其曝光率之高已經達到「名嘴」等級。孫莫凡當然不認識他，只覺得李小倩又在發神經，便趁機會偷偷溜走，卻被一句話給吸了回來。
「妳要上節目可以，但是要女扮男裝。」
「欸？為什麼？」
「道寰的女粉絲很多，如果有個女的代替他上節目，她們一定會很好奇妳跟他的關係，到時候一定會傳出奇怪的緋聞！如果妳不想被肉搜、天天出門都有狗仔追著的話，打扮成男生是最好的了。」
「有那麼誇張嗎？」
「相信我，我縱橫演藝圈十幾年，不會騙妳。」
製作人的語氣相當認真，李小倩不自覺豎直腰板，跟著進入小小的攝影棚。孫莫凡一直等到門都關上了才回過神，啊這是怎樣？無視我？就直接把我丟在外面喔！他趕緊衝上去敲門，沒兩下門被打開，一隻手粗暴地把他拖進去。
晚上八點整，佟道寰跳上計程車後，總算冷靜下來。
今天的所有事情，都是陷阱。
SARA打從一開始就知道我會逃，所以追兵早就準備好了，一直都埋伏在我們附近。她這麼做，一定是想給我一個警告——不管逃到哪裡，我都有辦法抓到你。

佟道寰感覺心揪了一下，我只不過是想放一天假，真的有這麼困難嗎？我也是人，也會累，也會想要休息啊！為了工作，連學校都沒去了，學生還可以蹺課，我卻連一點自由都沒有。

當初為什麼會選擇當偶像，佟道寰早就記不清了，也許是被名利沖昏了頭，也許是因為受到長輩們的鼓勵……不管哪一種，似乎都不是他的本心。

佟道寰望著窗外，海邊越來越近，湛藍的海水就在眼前，可他卻感覺越來越沉重。

我真的喜歡這份工作嗎？

如果真的喜歡，為什麼還會感覺累呢？

他閉上眼睛，遙遙想起三年前，Aurora☆boys發表第一首歌的那天。

那天晚上，他和團體的其他四人擠在小小的休息室裡，連眼睛都不敢眨一下地盯著手機螢幕，每隔兩分鐘就刷新頁面，互相都聽得到對方緊張的心跳。

看著點讚數逐漸增加，收到了第一條評論、第一次被人轉載，那種清楚感覺到成長的喜悅，他全都沒有忘記。

那個時候，他真的很快樂的，他覺得自己可以一直一直努力下去。

究竟是從什麼時候開始不同的呢？粉絲越來越多、行程總是滿檔，一天要趕好幾個通告，生活漸漸變得單一，連吃飯睡覺都在車上度過，時間好像永遠都不夠用。

MV的點閱數從幾百變成幾百萬，他們卻不會因此高興，應該說，根本沒空去高興。為了新歌、新戲日夜不斷地練習，滿腦子只有如何做得比上次更好，失敗的歌詞、NG的片段也越來越多。

不夠好，還是不夠好。

他們已經擁有幾百萬的粉絲、橫跨兩岸三地，明明受到這麼多人的追捧，卻還是不夠好。越是上游，競爭越是激烈，他們太過害怕被人遺忘，害怕如果這次推出的作品沒有比上次更好，就會被時間的洪流淘汰。

佟道寰早已不知道自己為什麼要留在這條沒有終點的路上，他想回到他們因為新歌有三位數的點閱就開心得又跳又叫的時候，回到在休息時間五個人分食一碗泡麵的時候，回到誰也穿不起名牌、用不起高級保養品，開大型演唱和粉絲見面會都還是夢想的時候……

「到了喔。」

司機把車停下，指著前方：「往前走五分鐘下去就是了。」

「謝謝。」

佟道寰付了錢下車，目送計程車遠去，冷冷的海風吹來，他打了個噴涕。

好久沒有自己出門了。

這是他的第一個念頭，都快忘記一個人在街上散步是什麼感覺了。

「萬歲——」

他高高地跳起來，不顧旁人異樣的眼光，跑向夢寐以求的海。

06

廖東海等了半天都沒等到佟道寰從廁所裡出來，心想莫非是在馬桶上睡著了？給他打了好多通電話也沒接。他索性下車去廁所敲門，敲了半天，應聲的居然是個不認識的老頭子。他嚇得趕緊退出去，瞥見旁邊有個後門，登時就明白了七、八分。

這孩子跑了！

廖東海急得差點站不住腳，他還以為佟道寰就像電視劇裡那樣乖巧可愛，沒想到竟會耍這種小聰明。這下可慘，擅自把人家的娃兒帶出來，還搞不見了，他要是有個什麼三長兩短，怎麼跟經紀人和廣大的粉絲們交代？

廖東海衝出麥當勞、迅速跳上車，發動引擎催足油門，車子爆衝出去的時候他才想起來，我根本不知道他去哪了，這是要怎麼找啊？豆大的汗水從他的額頭滑落，可惡，隨便猜猜也好，不能光佇著不動作啊！

佟道寰不可能去人太多的地方，隨時都有可能被認出來，用外套蓋著頭在街上走也太可疑了。如果是海邊就不用擔心這個問題，不過，海邊是他們原本的目的，他何必刻意拋下自己，又去到一個自己隨時能找到的地方呢？

正想著，廖東海聽見有人從後面給他按喇叭，後照鏡中，又反射出了那熟悉的黑色轎車的身影。

廖東海揉揉眼睛，沒錯，那輛車真的又回來了。佟道寰那時並沒有特別的反應，他還以為那只是單純和他們開在同樣路線上的車而已，可現在怎麼看都不是了。

難道他們的目標真的是佟道寰？可是他現在根本不在車上啊！廖東海想了會，總算明白過來，可能是自己的車被定位了。

這時，黑色轎車加快速度，與廖東海的車平行，對方搖下車窗，一個光頭大漢探出頭，擺手要廖東海也把窗戶打開。廖東海被這好像從什麼動作電影裡跑出來的傢伙嚇到了，只好乖乖開窗，就聽到對方大吼：「把人交出來！」

這是在演哪齣？廖東海苦笑，下意識地四處找攝影機，但啥都沒發現。要是這是整人節目就好了！他什麼都會，就是不會跟人打架和吵架，乍聽很正常，但在「四海一家」裡卻是異類。

「對、對不起，能不能請你們先冷靜冷靜，人不在我車上喔！」

廖東海大聲說，總之先道歉就對了。每次有人衝他大吼他就服軟，這次當然也不例外，而且，即使再怎麼慌張，他的口氣也依然非常優雅。

「想活命最好說實話！」

後座車窗也被打開，出現的是第二個光頭佬，手上還拿著槍。

廖東海差點就要暈過去了：「你不要衝動，你不是來找道寰的嗎？這樣不怕會傷到他？」

「我數到三就停車，否則我要開槍了！三──」

「喂，你要從一開始數啦。」開車的光頭吐槽道。

「一──二──」

「阿西巴！居然來真的！」

廖東海瞬間把交通規則和優不優雅啥的都拋到一邊，用他畢生最大的勇氣，駕車在路上狂飆起來。

孫莫凡死都不想承認戴上假髮、穿上西裝的李小倩比他想得還要帥。

也許是她本來就不怎麼像女孩子，也許是她那對英挺的眉毛讓整張臉看上去更加俊俏，總之，更也許只是心理作用……

「但是聲音怎麼辦？一講話就會破功吧？」孫莫凡問。

「不用擔心，我變聲很厲害喔。」

李小倩說著壓低聲音：「這．樣．有．像．男．生．嗎？」

「比較像喝太多麻辣湯頭喉嚨壞掉的人。」

「沒關係啦，反正現在很多男生的聲音聽起來也都娘娘的啊。」

李小倩說罷製作人進入那間小小的攝影棚，孫莫凡本想跟進去，一通電話突然打來，竟然是SARA，他整個人僵在原地。孫莫凡做了好幾次深呼吸，硬著頭皮接起電話，傳來SARA惱怒的聲音：『喂，你真的把包裹送到了嗎？』

「我、我有啊！」

孫莫凡想起來SARA並不曉得他已經知道包裹裡是佟道寰，索性裝傻。

「不要以為我不知道你在說謊，你們是這樣做生意的嗎？」

慘慘慘，SARA一定也在看直播，那她馬上就會看到李小倩，怎麼可能瞞得住！他實在不知道怎麼解釋才好，他口才奇差，最不擅長就是胡說八道，短短三秒鐘內，他可憐的腦袋一萬八千轉，終於決定——

「對不起我現在有急事有什麼話改天再聊掰掰！」

孫莫凡把電話掛了。他已經可以預見等節目結束後，SARA會用多麼恐怖的表情回來找他，或者跟申哥告狀，申哥就……就……就會怎麼樣？他只求能留個全屍，要知道他們靠口碑做生意，委託人萬萬不可得罪啊！

我該自首還是逃避責任？孫莫凡用擲硬幣的方式決定，逃避到底。

於是他把手機關機，裝做一切都沒發生過，下樓買泡麵吃。剛好有兩個女生坐在他隔壁，共用一副耳機在看手機，其中一個女生驚叫：「欸，道寰怎麼不在？這是誰啊！李大千？」

孫莫凡一口泡麵硬生生從鼻孔裡噴出來。

這就是麵從鼻孔出來的感覺嗎，原來真的可以這樣喔？好燙好痛好難過，不能呼吸……話說原來李小倩的假名是李大千啊……

孫莫凡轉過身被對女生們，把掛在鼻孔外的泡麵清理乾淨，又聽見一句「可是，他長得還滿帥的欸！」險些一頭栽到地上。

接著，女生們熱烈討論著節目內容與私人的妄想。

「李大千也太會講了吧！根本就是專家等級了！」

「好厲害喔，可是我還是想看道寰……」

「道寰沒有上節目該不會是因為他怕鬼吧？哈哈哈哈……」

「真假？這就是反差萌嗎？天啊我們道寰怎麼可以這麼可愛！」

倆女生笑成一團，孫莫凡一口麵都吃不下，以免麵從耳朵裡出來。最後，他看見隔壁用餐區有人起身，趕緊捧著泡麵過去坐，遠離女生沒營養的對話。他慢吞吞地吃麵，邊不時看時鐘，直播結束的那一刻也就是他的死期了，最後一餐居然吃他媽的泡麵，好恨。

時間一分一秒過去，就在節目大約只剩下十分鐘的時候，孫莫凡正洋裝鎮定地在看報紙，他眼角餘光瞄到，窗外有一大群人浩浩蕩蕩地走過去。

那群人中有三個光頭，一個藍頭，不，藍色頭髮，還有一個用外套包頭。

不會吧！

孫莫凡只看見那些人的背影，但那絕逼是廖東海和佟道寰，雖然後者看上去簡直像被羈押的嫌疑犯啥的。

怪人們以飛快的腳步，進入攝影棚所在的大樓。

不久之後，那倆女生的驚叫傳遍了整條街。

「道寰來啦——」

如果她們知道兩分鐘前佟道寰本人才從她們面前走過，不知道會不會捶胸頓足。

或許是因為在最後十分鐘趕上了節目，SARA並沒有想像中的生氣，而且佟道寰的意外登場，反倒造成了許多討論，搶佔熱門話題第一名（第二名是「神祕的李大千究竟是誰」）。

但是，孫莫凡一毛錢也沒拿到，還得賠償被他弄壞的吧台。關於這點，他不恨，也不能恨，畢竟的確是他有錯在先，他用切身之痛去銘記，下次無論如何都不可以打開包裹，死都不可以。

包裹四：「驀然。」

01

李小倩已經在「四海一家」住了一個多星期了，這段時間，幾乎每分每秒發生的事情，都在不斷刷新她的三觀。

比方說，在這間據說是撞球館的店裡，球桿和球基本上都不是用來打撞球的。這時候你就會問了，除了用來打球還能幹嘛？當然是用來打別的東西啦。

正午十二點，店員一號胡子越匆忙闖進來，吼著「老闆球借我一下」，衝進地下室，捧著一堆球衝出去，過不了多久你就會看見有幾個混混鼻血橫流，下跪求饒了。

正午十二點十分，店員二號篤驀然匆忙闖進來，吼著「老闆球桿借我一下」，衝進地下室，扛著一支球桿衝出去，過不了多久你就會看見有幾個混混渾身都是瘀青，哭著回去了。

正午十二點十五分，孫莫凡的老闆小申慢悠悠晃進來，說「老闆球桌借我一下……」還沒走進地下室就被廖東海趕出去，於是混混免於被球桌砸扁的命運。

李小倩很佩服他們能如此活用現場環境戰鬥，身為活在沒有戰爭的國家的現代人，這實在是太難得的技術。她不明白為什麼這群人天天都有架可打，後來才知道這是野狗爭領地一般的日常活動，今天我佔著你停車位了你打我，明天你保護費收到我地盤來了我打你，反正打架的理由永遠不嫌多。

「你們這樣每天打來打去，都不會累的嗎？」李小倩曾這麼問孫莫凡。

「喂，我可沒有跟他們一起打。」孫莫凡試著形容：「應該說，這就像籃球和棒球一樣，是一種有益身心的運動。」

「原來這也算是運動啊——又學到了活人的常識呢。」

「這不是常識好嗎！不要學這種怪怪的東西！」

如此這般，李小倩自認孫莫凡給她拓展了不少視野，她也漸漸習慣了這裡的生活方式。

她的一天很簡單，睡到中午起床，吃過早餐之後出發去靈異景點探險，逛一圈拍拍照片就耗掉一下午。孫莫凡問她幹嘛不晚上去？她就理直氣壯地回，白天有鬼那才是真的鬼。

從外邊回來後，李小倩就窩在房間整理拍的照片、寫寫部落格啥的，她經營了一個全都是靈異景點探訪的部落格，在圈子裡還算得上是人氣格主，她火起來的一大原因是她非常瘋狂。比如說洪煙洞那回，遇到孫莫凡之前她已經在裡頭睡了好幾天了，還自己牽來電線，生活用品一應俱全。

她這麼做不為別的，只試想驗證一項傳說的真實性——聽說住滿七天的人就會見到血肉模糊的屋主。雖然這個計畫因為阿福被毀的事件稍微耽擱，可她不打算放棄，之後還要回去繼續住。

現在，距離阿福回家還有兩天三小時又五十八分。李小倩數著饅頭，真想早點回洪煙洞，要是真見鬼了，肯定是個了不得的大發現。李小倩在吧台寫著部落格，沒注意到身後站著個人，突然被拍肩膀，她嚇了一跳。

「我要掃地。」

拍她肩膀的人是店員篤驀然，他染著一頭金髮，紋了個大花臂，活脫脫的流氓形象。他平時總獨來獨往、很少說話，休息時間也從不和大夥一塊吃飯，李小倩對他的印象，除了名字之外就沒其他了。

「對不起，我馬上起來。」她趕緊收起筆電，跳下高高的吧台椅。

篤驀然把椅子挪開，清掃地上的灰塵。

李小倩看著他的動作，意外發現這人挺細心的，連桌椅的邊邊角角都掃得很乾淨。

「妳沒別的事好做了嗎？」察覺到自己被盯著瞧，篤驀然抬起頭，冷冷地問。

「啊……」

李小倩慌張地跑開，又忍不住在遠處繼續看，這間店裡，就數他和廖東海最愛乾淨了。明明外表看上去完全不是那種類型，做起家事居然有模有樣，真奇怪……看著看著，她又與篤驀然對上了視線。

「看夠了沒？」又是不帶感情的質問。

「還、還沒。」

「蛤？」

「對不起，我沒別的意思！」李小倩白目的老毛病又犯了，她笑嘻嘻地解釋：「我只是覺得，你真會掃地，比我還要細心。」

「……」

篤驀然停下動作，打量李小倩全身上下，就好像這是他第一次決定看清楚這個人似的。他把掃把放在一邊，朝她走過來：「孫莫凡呢？」

「小孫？不知道。」

「喔。」

篤驀然一瞬間露出失望的表情，又回去掃他的地。李小倩莫名其妙，篤驀然和孫莫凡平時幾乎沒有互動，居然會想找他？她太好奇這是怎麼回事了，孫莫凡大概還在送貨的途中，看來謎底沒這麼快揭曉。

沒辦法，只好繼續寫部落格打發時間。李小倩確定篤驀然已經掃完吧台了，又坐回去，比起一個人窩在房間，她還是比較喜歡在開放的環境工作。寫著寫著，眼角餘光瞄到有人在她身邊坐下，一看，原來是小中。

小中是孫莫凡的老闆，標準配備是皮夾克、牛仔褲，還有黑色的全罩式安全帽，就算三十八度的高溫也這樣穿，見過他長相的人都死了（孫莫凡說的）。此人平日皆在外浪，鮮少出現在店裡，李小倩對他的印象比篤驀然還單薄，除了安全帽，還是安全帽。

「妹子，住得還習慣吧？」小中先搭話了。

「嗯，很習慣。」李小倩連連點頭，這間店是小中和廖東海合夥開的，所以他也是半個老闆。

「前幾天接到有人投訴我們聚賭，妳有頭緒嗎？」小中摸摸安全帽的下巴，突然冒出一句。

「啊？」李小倩好一會才明白，這不會是他在懷疑自己吧！趕緊說：「我不知道喔！我什麼都沒看到，你們打麻將還是四色牌，我都不介意！」

「這樣才對。」

小中重重拍了拍李小倩的背，她有種被當成兄弟對待的錯覺。就在她以為小中要離開的時候，「咱們流氓的世界，感覺怎麼樣啊？」對方又丟來一個摸不著頭腦的問題。

「感覺……還不錯啊。」總之先回答試試。

「咳，我要聽實話。」

「實話喔……我覺得很有趣，真的，你們活人的世界，總是這麼熱鬧。」

「呵呵，怪人一個。」

「不過，你們幹嘛自稱流氓啊？這又不是什麼好話。」李小倩有點猶豫該不該問這個，卻還是說出口了。

「……妳電腦借我一下。」

小申伸手把李小倩的電腦轉過來，在WORD介面敲下「流氓」倆字。

「『流』這個漢字，有移動的意思，代表很不安定。」小申慢條斯理地說。

「為什麼要跟我講這個？」

「至於『氓』，『民』也。所以『流氓』合起來解釋，就是『飄泊的人』。」

「嗯……」

「這間撞球館，是為了『流氓』開的，可能會有很多地方和妳的認知不一樣，妳要習慣，因為我們不會改。」

小申又拍了李小倩的背，雙手插在口袋裡走了。

李小倩摸著胸口，沒想到和所謂的「流氓」對話，竟比去靈異景點勘查還要緊張……

02

孫莫凡剛回到撞球館就被篤驀然攔了下來。

「做、做什麼？」他壯著膽子問。

「過來。」

篤驀然說完轉頭就走，孫莫凡只好跟上，兩人一前一後來到後門。孫莫凡心想，我操，這傢伙把我帶來這人跡罕至的地方，該不會是想跟我勒索吧！他抓住口袋裡的皮夾，準備篤驀然一開口就踹倒他。

然而，篤驀然只是一直盯著他看。

「你到底想說什麼啊！我可沒有錢借你喔！」孫莫凡持續虛張聲勢。

「孫莫凡，你……」

篤驀然冷不防上前抓住孫莫凡的領子，把他按在牆上，在他耳邊極小聲地說：「你，幫我送個東西。」

「什、什麼東C？」孫莫凡哭著問。

「諸葛劍刃琉璃刀。」

「蛤？」

孫莫凡差點暈倒，他還以為自己聽錯了，篤驀然又重複了一次：「諸葛劍刃琉璃刀。」

咦——那是什麼鬼東西？難道篤驀然不僅是頭號大流氓，還是什麼武術門派的掌門嗎？這是要寫武俠小說的節奏啊！

「那個……你說的那個什麼劍什麼刀的，是什麼？」

「呿，反應有夠慢。」篤驀然皺眉：「你都不玩遊戲的嗎？」

孫莫凡終於會意：「你是說線上遊戲的武器喔！」

「是《離魂道》的武器，我要你用你的帳號，幫我把這把武器送給另一個玩家。」

「你幹嘛不自己送就好了？」

這款遊戲孫莫凡玩過一段時間，裡面的玩家交易系統很完善，玩家之間可以互相贈送、購買武器、裝備和其他稀有物品。如果要把裝備轉讓給別的玩家，只要等級足夠，自己就能做到，根本不需要借用第三者的帳號。

「我已經委託了。」

篤驀然舉起手機，屏幕中顯示著委託單，孫莫凡舉手投降，這就是先斬後奏嗎……

「好吧，我送就是了。」

「還有一件事。」

「什麼？」

「幫我調查那個玩家的現況。」

「你是指哪方面？」

「只要關於他的事，什麼都好，而且不准和他提到我。」

說完這句話，篤驀然便走了，孫莫凡一個莫名其妙，這又算是哪門子委託！

晚上七點整，篤驀然和孫莫凡同時上線，在遊戲裡的中央廣場會面了。這款遊戲的地圖都是基於現實世界建造的，人物的裝扮當然也都走現代都市風，孫莫凡的角色等級只有20，穿著粉紅色POLO衫搭綠色七分褲。至於篤驀然，他的等級已經高達85，一身名牌貨，兩人站在一起就是土鱉與龍蝦的距離。

『東西給我吧。』孫莫凡在對話框中敲下這行字。

螢幕跳出一個視窗：「玩家[驀然回首]請求與您進行交易。」孫莫凡按下「接受」，便出現交換道具的介面，沒過多久，傳說等級的武器「諸葛劍刃琉璃刀」，就出現在孫莫凡的道具欄裡了。其實傳說武器基本只要裝備過就會綁定，除非使用現金道具解綁，否則是無法轉讓給其他玩家的，從這裡看出來，篤驀然不僅遊戲玩得兇，課金也不手軟。

接下來的任務，便是將這把武器送給另一個叫做「燈火闌珊」的玩家。孫莫凡覺得這玩家和篤驀然應該是朋友，不然也太巧了，能把名字都取成一對。可他不敢多問，在篤驀然離線後，開始查找玩家位置，一看，媽呀，這人居然在等級80以上才能進去的地圖。

「沒事跑到那裡去幹嘛啊！」

孫莫凡拍了下電腦，這款遊戲的交易功能只有在兩個角色面對面時才能使用。

「不可以使用暴力喔——壞掉就慘了。」

李小倩從孫莫凡身後晃過去，又晃過來，很自然地在他身邊坐下：「你在幹嘛？玩遊戲啊？」

「做我的委託啦！有人要我在遊戲裡送貨，他媽的我在現實世界送貨就算了，連遊戲裡面也要送，送送送送送，恁爸不爽啦！」

「不錯啊，你的送貨技能跨次元了，恭喜。」

「想安慰人就不要用這麼敷衍的語氣。」

「嘿嘿，被發現了。」

李小倩模仿漫畫人物，吐舌頭裝可愛，但是她把舌頭伸得特別長，配上沒有梳理的一頭亂髮，頗有幾分貞子的味道，個人風格相當強烈。孫莫凡忍住逃跑的衝動，轉頭專心看螢幕，他方才給「燈火闌珊」發送密語，讓他也來中央廣場。

螢幕左下角的視窗閃爍一下，「燈火闌珊」回應了。

燈火闌珊：『嗨，請問你是哪位？』

孫莫凡回應：『我受人委託，要送你一把諸葛劍刃琉璃刀。』

『啥？這是傳奇武器你知道嗎？有錢都買不到的，誰會沒事把這個送人？你不會是詐騙吧！』

『不是詐騙！』孫莫凡差點就要講出篤驀然的角色名字，他想著該怎麼解釋才好，最後說：『你可不可以先和我到同一張地圖來，我保證不會騙你，雖然我等級很低又穿新手裝用的還是免洗ID，但是我絕對不是詐騙！』

超沒說服力的！連孫莫凡自己都這樣覺得，他在電腦前祈禱對方不要檢舉他，沒想到「燈火闌珊」居然回答：『好啊。』

「喔YA——成功啦！你真是個大好人！」

孫莫凡歡呼起來，隨後又想到，該怎麼調查他的近況？一個陌生人突然問你最近過得好不好，怎麼想就怎麼可疑，他又不想在這委託上耗費太多時間，就沒有那種簡便又隱密的方法嗎……

「啊！可以拜託那傢伙啊！」

孫莫凡左手背拍右手心，抓起手機打電話。

篤驀然掃完地，無所事事地蹲在店門口，夏日晚上的風夾著對面人家的烤肉香和一點青草的味道拂過他的身體，月亮出來了。

「你怎麼啦？」店門被推開，廖東海走到他身邊。

「沒，就休息啊。」

「你不抽菸啦？」

「早就戒了。」篤驀然小聲嘟囔：「出來之後就戒了。」

「對喔，我又忘了，抱歉。」

廖東海苦笑，回到店裡從冰箱裡拿了一罐可樂給篤驀然。篤驀然接過，仰頭喝了一大口，發出爽快的嘆息。

「你回來這麼久了，都沒跟以前的朋友聯絡一下？」廖東海問。

「……沒什麼好聯絡的。」

「就聊聊近況啊，最近都在幹嘛、學校的事情怎麼樣之類的，你整天悶在店裡會生病的，偶爾也該找人說說話。」

「喔……」篤驀然不耐煩地：「你好囉嗦。」

「呀，我是擔心你欸！」

「好好好，我去就是了。」

篤驀然站起身，朝便利商店的方向走去，應該是要去買晚餐了。廖東海知道他這次也只是嘴上敷衍，絕對沒有打算要去做，不由得嘆了口氣。他回過頭，發現孫莫凡不知什麼時候站在自己後面，表情很糾結。

「小孫？你怎麼了？」

「老闆啊，那個……」孫莫凡猶豫了下，緩緩開口：「你知道，葉闌珊是誰嗎？」

03

「你怎麼知道他的？」

廖東海驚訝地說完，才發現說漏了嘴，趕緊噤聲。孫莫凡大喜，方才他拜託消波塊破解「燈火闌珊」的密碼，調出會員資料，得知他的本名叫葉闌珊，如果地址不是造假，那他就住在這附近。這樣的話，葉闌珊該不會也到過「四海一家」吧！他抱著試試的心態隨便問問，沒想到還真押對寶了。

「我只是有點好奇。」孫莫凡實話實說：「篤驀然忽然要我幫忙調查這個人的近況，我擔心他是要做什麼違法的事情……」

「篤驀然不是那種人。」廖東海嘆了口氣。

「所以葉闌珊到底是誰啊？」

孫莫凡拉了把板凳到門口，儼然就是要聽故事的架勢。廖東海看了一眼篤驀然走遠的方向，面有難色，沉默了好一陣子，終於開口：「他們兩個是國中同學。」

廖東海其實不是第一次開店，幾年前他經營過一間店名也叫「四海一家」的撞球館，篤驀然和葉闌珊在開張沒多久就成了主顧，當時他倆都已經高中。

葉闌珊和從小就是問題學生的篤驀然相反，乖得要命，成績品德那都是一等一的，卻老愛纏著篤驀然聊天。他說，他和篤驀然的名字恰好能組成一句詩，這是緣份，天註定他倆要相遇的。雖然他不太喜歡「四海一家」的風格，可篤驀然在那如魚得水，就經常陪著他一塊來。

後來，篤驀然因為某些緣故在店裡住下了，葉闌珊時不時就來找他玩，沒人知道他幹嘛不回家。故事就這樣和平地持續著，直到他們高二的夏天。

一個披頭散髮的女人衝進店裡要找篤驀然，說要和他借錢。誰都沒有想到，篤驀然最後竟然拿酒瓶往女人的頭上砸下去，血濺四處，就因為這事兒，篤驀然進了少年觀護所。

瘋女人是篤驀然的繼母，長期吸毒的關係精神恍惚，在外邊欠了不少錢，總是被債主追打。她一有不順遂就打篤驀然出氣，篤驀然滿是刺青的雙手底下藏著的，其實都是深深的疤痕。

篤驀然進去後葉闌珊就漸漸不到店裡了，廖東海和他最後一次見面是大學學測前，那天他說了什麼，其實也記不清了，總之，一個字都沒提到篤驀然。廖東海原本有他的社群網站帳號，後來不知為什麼帳號就關了，從此聯絡不上。

三年後的春天，也就是幾個月前，篤驀然回來了。這幾年間他沒有繼續升學，反覆進出監獄，現在才算是真正「刑滿釋放」，孑然一身，沒家了，也沒錢了，就去工地幫忙、做些水電啥的。

「我沒地方去，你這裡缺不缺人？」

篤驀然問。他不知是從哪兒聽到「四海一家」重新開張的消息，風塵僕僕回來了，廖東海二話不說就收留了他。幾年不見，他變得很安份，從不鬧事，對過去的事閉口不談。廖東海明白他需要時間，也不會過問，只是難免會想，篤驀然都回來了，那，葉闌珊呢？

「我問過他，這幾年之間他們完全沒有聯絡。」廖東海說：「他們以前到哪都黏在一起，甚至還說要幫我開分店的說。」

「你的意思是，現在沒有人知道葉闌珊在哪裡囉？」孫莫凡皺眉。

「至少我是不知道啦，這段時間發生太多事了。而且，葉蘭珊好像刻意不和以前的朋友聯絡，也不知道為什麼。」廖東海邊說邊往店裡走：「算一算他應該已經大四了，如果你找到他，也幫我和他問好喔。」

孫莫凡聽完整個過程，總算服氣了些，雖然這依舊不干「快遞」的事，不過助人為樂，好像也沒有拒絕的理由。如果是小申，那肯定會讓他做下去，行走江湖，講的還不就是「義氣」兩個字嗎？

「可惡，麻煩死了……」

孫莫凡回到吧台，在電腦前坐下，打開遊戲介面，發送密語給葉蘭珊。

『你記得篤驀然嗎？』

對不住了，我果然還是必須提到你，不然對話肯定進行不下去。孫莫凡忐忑地等待，不消幾分鐘，葉蘭珊回覆了。

『你是誰？為什麼會認識他？』

果然是這種反應，我該自稱什麼？篤驀然的朋友？不對呀我倆在這之前連話都沒說過幾句。說自己只是普通的快遞？不對，一定會節外生枝地要解釋很多。匿名的正義使者？不行不行，這也太傻逼……

「啊。」

孫莫凡突然發現，自己不小心把「匿名的正義使者」這行字送出去了。

隔了幾分鐘，葉蘭珊才回覆道：『篤驀然還在玩這個遊戲嗎？』

『應該很久沒玩了。』

孫莫凡答。雖然篤驀然的85等的角色看起來很厲害，但遊戲的滿等其實是150等。說不定在篤驀然進少年觀護所之後他就不玩這遊戲了，所以身上才會留著這已經絕版的傳說裝備。

『是他要你來找我的？』葉闌珊繼續追問。

『他說他想知道你的近況。』

『他真的這樣說？』

『真的，請相信我，我是正義使者。』

孫莫凡忽然發現，自己還挺喜歡這個自稱。

篤驀然去便利商店的時候遇到了李小倩，抱著一個小紙箱，邊走邊跳，心花怒放地哼著歌。看見篤驀然，或許是因為早上才說過話，她毫不避諱地和他招手。篤驀然愣了下，也朝她小幅度地點了點頭。

「如果你是要去買微波食品，裡面已經沒有了喔！」李小倩說。

「妳怎麼……」

「這家店我也常來啊！你每次都搶先我一步買走我要吃的飯糰，我一直都把你視為對手欸。所以我今天故意早點出來，把剩下的飯糰都買走了！」

「妳是有多餓……」篤驀然汗顏。

「其實也才剩兩個而已啦。」李小倩從口袋掏出一個肉鬆飯糰，丟給篤驀然：「怕你沒飯吃，給你一個好了，接好！」

「妳當我不會去買別的喔。」

篤驀然嘴上這麼說，還是伸手接住了，飯糰沉甸甸地留在他的手裡。他看著李小倩走遠，心裡升起一股異樣的感觸，癢癢的，不太好受。

這都多久沒有這樣和人說話了呀？篤驀然抓抓頭髮，有些後悔早上對李小倩的態度這麼差，如果那時候葉闌珊也在，肯定會要他道歉的。

如果葉闌珊也在的話……如果……

「操！」

篤驀然一腳踹翻路邊的垃圾桶。

孫莫凡盯著電腦螢幕沉思，上頭是葉闌珊一口氣發給他的訊息。

『叫他來找我。』

『我想當面和他說話。』

『如果他不肯，』

『告訴我他在哪裡？』

『我自己去找他。』

04

孫莫凡又呆住了，見面？篤驀然怎麼可能會同意呢，應該說，他才不敢冒著風險把葉闌珊抓來呢！該怎麼回應才好？

『你確定嗎？』總之小心為上。

『如果你不是在騙我的話，告訴我篤驀然在什麼地方。』

『你好像有點太急了喔……』

『他在台北嗎？』

孫莫凡猶豫了下，輸入：『對。』

『我也在台北，告訴我確切地點，我明天就能到的。』

葉闌珊咄咄逼人，孫莫凡幾乎都能感受到他的執著。他不清楚這兩人到底有過什麼心結，但葉闌珊好像並不討厭篤驀然，反而很熱切地希望能夠見到他。如果真是這樣，為什麼篤驀然還要小心翼翼地躲著他呢？

想來想去，孫莫凡還是沒直接告訴葉闌珊地點。他怕葉闌珊突然殺過來，篤驀然會一刀砍死自己。他告訴葉闌珊，讓他到「四海一家」附近的公園，有什麼想說的，他再幫忙帶個話。

出乎意料，葉闌珊同意了。於是隔天中午，孫莫凡準時到公園等人，他告訴葉闌珊自己會穿紅色外套站在噴水池旁，應該很顯眼，老半天了，都沒等到葉闌珊。他無聊地在長椅上睡著了，恍惚中感覺到有人拍他肩膀，睜眼一看，是個白淨的高個子。

「我是葉闌珊，正義使者，你好啊！」

高個子笑著說。他穿著時下流行的灰色薄罩衫、戴一頂寬沿帽，微卷的頭髮染成深棕色，細長的眼睛配上骨骼分明的指節，身上還飄著淡淡的花香。孫莫凡看懵了，還真的跟篤驀然完全相反，怎麼都無法想像他們倆聊到一塊。

「你好……你們的事，東海哥都告訴我了。」孫莫凡站起來和對方握手。

「篤驀然不願意見我嗎？」葉闌珊上來就直奔主題，表情仍是笑著。

「其實我沒跟他說啦，因為他委託我的時候，要我千萬不能提到他的名字。」

「這樣啊。」葉闌珊沒有追問「委託」的意思，自顧自說起話來：「那個時候他明明嚴肅地說，要我都不准再來找他，我還以為他根本就忘了我呢。」

「咦？他有這樣說過？」

「他進去少年觀護所之後，我去看過他一次，我沒告訴任何人，所以阿海也不知道吧。那個時候他死活不肯見我，好不容易他肯出來，卻是來罵我的，一直要把我趕走。」

「原來是這樣喔。」孫莫凡姑且點頭，又雞婆地補充：「不過，篤驀然應該也不是故意的吧！」

「這個嘛……我也不知道。」葉闌珊摸摸脖子後面，苦笑了下：「可能都是我在自作多情吧。」

「自作多情？」

「沒事，不重要！」葉闌珊露出開朗的笑容：「篤驀然不是想知道我的事情嗎？你幫我告訴他，我現在在南部的A大學讀企管，過得很好，交到很多朋友，每天都很忙，吃得很好也睡得很好，叫他不要擔心。」

「喔……？」

「對了，」葉闌珊從口袋裡掏出一張小紙條，塞進孫莫凡手中：「幫我交給他，什麼都不要多說，我走了。」

「喂，等一下！」孫莫凡抱著必死的決心大喊：「你如果要找篤驀然，去『四海一家』就對了！」

然而，葉闌珊已經跑遠了，也不知有沒有聽見。孫莫凡就這麼呆然地站在原地，捏著那張小小的、已經被揉皺的紙條。

上面寫著一串電話號碼。

篤驀然掃完地，拖著步子回到店內角落的位子坐下。他每天都在這裡休息，久而久之沒人敢坐，就成為他的專屬座位。他沒玩手機，兩眼空空地看著地板，不知道在想什麼。門上的風鈴清脆地敲響，一個紅色的身影竄進來。

「篤驀然！」是孫莫凡。

篤驀然抬頭看著他。

「你的委託我已經辦好了！」孫莫凡露出驕傲的表情，把葉闌珊的話原封不動照搬：他現在在南部的A大學讀企管，過得很好，交到很多朋友，每天都很忙，吃得很好也睡得很好……

篤驀然茫然地聽著他的報告，微微啟口，卻什麼也沒有說。

「大概就是這樣，還滿意嗎？」孫莫凡說完了，並沒有提到他和葉闌珊見面的事。

「……是喔。」

反應這麼冷淡？你好歹也對老朋友多上點心嘛！自己委託我的居然還用這種無關痛癢的態度！要不是東海哥說了你有悲傷的過去，我真的很想打你，啊不對，我也打不過你。孫莫凡再度無語。

「可以了吧！給錢！」他伸出手。

篤驀然面無表情拿出錢包，掏錢給孫莫凡，孫莫凡一手接錢，一手把葉闌珊的紙條丟給他。

「這啥？」

「不知道！」

孫莫凡把錢塞進口袋，溜了，一直跑到篤驀然看不見的拐角，才鬆了一大口氣。天曉得剛才的對話消耗掉他多少精神，篤驀然遠看好可怕，近看更可怕，好險平安過關啦！剛才已經把電話丟給他了，我的任務已經完成啦，接下來會怎麼發展，就看他的造化了。

這麼說起來，我還真做了件好事哩。孫莫凡嘴角止不住地上揚，連忙給小申發了訊息，說他暗中幫了別人。不久小申回覆了，就一個表情符號，微笑比大拇指。就這符號，孫莫凡能高興好多天，開玩笑，他被老闆誇了，這有多難得你知道嗎！

「爽啦！」

孫莫凡喜孜孜地把對話截圖下來，準備四處跟人炫耀。

夜深了，篤驀然回到自己的租屋處，小套房空蕩蕩，除了簡單的衣服和日用品沒其他，他躺在床上，反覆看著孫莫凡丟給他的字條，喃喃唸著那串號碼。

這是葉闌珊的筆跡，他太熟悉了，不會錯的。

葉闌珊和孫莫凡見過面了，也就是說，他已經知道委託人就是自己。他給他電話，分明就是要他主動去聯絡，莫非，葉闌珊並沒有為了當年的事生氣嗎？他又想起把葉闌珊趕走的那天，他當下其實沒想太多，只覺得，不能再這樣下去。

我是個敗類了，人見人厭，葉闌珊這麼優秀，可不能再讓他和我混在一起。反正像我這樣的人，就活該留在社會最底層，不想被同情、不想被可憐。與他相比，把人生活得如此失敗的我，拿什麼臉說自己是他朋友？

想到這裡，篤驀然狠狠把紙條撕碎，丟進垃圾桶裡。

深夜，撞球館已經打烊，廖東海正在收拾狼藉的杯盤。忽然門被推開，有誰進來了，廖東海頭也沒抬就說：「我們休息了喔——」

「東海哥！」

來人在門口喊，廖東海一看，話語全卡在喉嚨。

「你是……葉蘭珊嗎？」

「哇！好感動！你還記得我！」葉蘭珊歡快地跑進店裡，環視周遭：「跟前一代差好多啊，變得超精緻的欸！東海哥，你好厲害喔！」

「你怎麼回來了？」廖東海還沒從巨大的震驚中反應過來。

「想你啊。」葉蘭珊故意用矯情的語氣。

「你還好意思說！」廖東海失笑：「那幹嘛這麼久不聯絡？」

「我在南部唸書啊，忙得要死，根本沒空想以前的事……哇！這把吉他是正版嗎？你怎麼會有這古董的！」

葉蘭珊顧左右而言他，廖東海嘆了口氣，這孩子從以前就不會說謊。他知道，葉蘭珊不回來肯定都是因為篤驀然，畢竟他倆感情太好了，這座城市裡到處都有篤驀然的影子，看見了，傷心。

「你應該早點來的，大家都睡了。」

「哈哈，我太興奮了，都忘了時間。」

「那你明天下午過來吧？」廖東海試探性地問。

「明天……」葉蘭珊頓住了。

「很多你懷念的人都會來，他們現在也都是我的常客，現在太晚了，年輕人不要熬夜，回去睡吧。」

廖東海溫柔地說，葉闌珊向他道謝，緩步離開。

05

隔天，廖東海盼呀盼，沒等到葉闌珊。篤驀然似乎注意到了他的心不在焉，問，你在等誰？廖東海很訝異，篤驀然竟會主動關心別人，一看，他也滿臉焦慮。

「昨天晚上，葉闌珊回來了。」廖東海決定說實話。

篤驀然明顯怔住了。

「他說他想和你說說話，我叫他今天早點過來，不知道他會不會來呢。」

「……他真的那樣說？」

「我騙你幹嘛？」

其實葉闌珊並沒這樣說，可廖東海知道他肯定這麼想。這兩人明明都很在乎對方，卻總是缺乏溝通，如果沒有推他們一把，僵局還會持續下去。

「他還有……說什麼嗎？」

「這倒是沒有，不過，他應該有很多話想告訴你，還是你自己去問他吧。」

「他真的會來嗎？」篤驀然的表情變得相當急切。

「我想會吧。」廖東海望向門口：「他不來，也許是擔心你不記得他了，也許是怕會尷尬……其實老朋友之間沒什麼好擔心的，只要順其自然就行了。」

篤驀然撇開頭，像是在掩飾什麼似地，飛快地跑開了。廖東海注意到他是跑進空包間裡頭去了，很好，這小子還惦記著自己在上班。

篤驀然在包間裡來回踱步。

葉闌珊到店裡來找他了，給了我電話，卻又親自過來，莫非早就知道我不會打？可惡！為什麼每次我不管想什麼，都逃不過他的法眼！但是這人又這麼優柔寡斷，既然都說了要來，那就快點來啊！

篤驀然倒在剛整理好的床鋪上，胸口劇烈地跳動。

其實，他是知道的。自己只是一直在逃避，因為葉闌珊在他的世界裡是如此耀眼，他才沒有勇氣凝視。他不想被葉闌珊看見如此不堪的自己，如果可以，他多想變得更好一點，改頭換面出現在葉闌珊的眼前——但，其實是沒有必要的。

正因為他是葉闌珊，老早就接受了這樣的自己，所以，他肯定不會介意的呀。

「我操！」

篤驀然從床上跳起來，真沒出息，居然為了那張薄薄的面子，像個白痴一樣，費盡心思躲著他！為什麼我得這樣？為什麼就不能勇敢一點？他咬著牙衝出包間，沒搭理廖東海，跳上機車狂飆回家。

「唉呀，果然還是蹺班了……」

廖東海小聲說，你給我記住。

回到家篤蠢然踹開門，從垃圾桶裡找出紙條的碎片，拼湊起來，撥出上面的號碼。一連串動作做完，他看著手機螢幕上的「撥號中」字樣，才回過神。不等他後悔，數秒後「撥號中」變成了「00:00」，電話被接通了。

篤蠢然戰戰兢兢地把手機放在耳旁，聽見了那個過去數年間不斷出現在他午夜夢迴裡、他最熟悉的聲音。

『喂？』

「……是我，」篤蠢然發覺自己嗓子異常乾啞：「我是篤蠢然。」

『嘿嘿，我就知道你會打。』對方似乎很高興：『我會去「四海一家」找你，你等我一下喔。』

知道葉蘭珊要來，廖東海露出滿意的笑容。篤蠢然看都不敢看他，彆扭得要死，嘟囔著，只不過是他要來，幹嘛搞得像是在相親？廖東海挽起袖子說，給我加把勁打掃，我可不希望人家過來看到一團亂。

篤蠢然莫名其妙地開始收盤子，猛然察覺店裡除了他和廖東海居然沒有別人在。他當然不會知道廖東海為了讓他倆好好敘舊，刻意把其他人都支開，掛起「休息中」的牌子，葉蘭珊也老早就在外頭等候，兩人就只隔著一面牆的距離。

「為什麼要這樣……」店外的葉蘭珊慌得一逼。

「你有重要的事情要跟他說對不對？我們在的話會很尷尬，這樣是最好的囉。」廖東海用一如既往的穩重語氣說道。

「可是，東海哥，你不做生意了嗎？」

「晚點再開張也沒關係啊，反正這時間本來就不會有什麼客人，好啦，進去吧。」廖東海比了個大拇指：「加油！」便一溜煙不知閃去哪兒了。

被獨自留下的葉蘭珊做了幾次深呼吸，朝大門走去，握住手把，輕輕推開，風鈴響起的同時，店內唯一的身影回過頭來。

如同高中時候那樣的金髮、刺青，還有不馴的眉眼，一切的一切都沒有改變。若真要說有什麼不同，大概就是人又高了一些、也瘦了一些。他站在逆光裡，手裡握著掃把，因為無預警看見自己而瞪大眼睛。

「嗨。」葉蘭珊極力讓自己看上去很平靜：「午安。」

篤驀然把他打量了一遍，醞釀了很久，冒出一句：「靠，你怎麼變得這麼潮啊？」

葉蘭珊差點暈倒，這跟他想像中的畫風好像不太一樣……

不過，這樣也好，緊張的感覺蕩然無存。

「因為我看了雜誌。」葉蘭珊順勢把話題接下去。

「雜誌？」

「有很多教人穿搭的雜誌啊，日本的、韓國的……你想要我可以借你看。」

「我就不用了，不過，你居然會對那個有興趣？」

「哈哈哈，行走江湖，行頭還是要有的嘛！總不能看上去太邋遢啊！」葉蘭珊裝做不經意的樣子走到篤驀然旁邊坐下：「怎麼樣？形象改造有沒有成功？」

「超成功的，我差點就認不出來了哩。」

「畢竟已經過了很久了嘛——」

「對啊，還真夠久的。」篤驀然長吁一口氣。

明明隔了這麼久，再度見面卻很自然而然地能夠對話，就像東海哥說的一樣，什麼尷尬、害怕，其實都不存在。他倆就這麼聊了很久，把這幾年來沒能說的話，都說上一輪，卻唯獨沒有提到當年篤驀然在少年觀護所裡的事。

果然葉闌珊一直都非常溫柔。篤驀然想。

「我明年就要畢業了，」葉闌珊忽然換了話題：「到現在我都不曉得以後能幹什麼，感覺前途茫茫。」

「是喔……」篤驀然從沒想過自己的前途，不知該做何回應。

「欸，你還記不記得，以前你說過要開一間跟『四海一家』一樣的店？」葉闌珊的眼裡閃著光芒：「不然我畢業以後，我們就一起開店嘛！」

篤驀然一時沒反應過來：「啊？」

「我一直覺得，『四海一家』是能帶給人幸福的店，如果世界上這樣的地方多一點，不就有更多人能得到幸福了嗎？」

「你在說什麼？」

「因為，」葉闌珊理直氣壯：「你在店裡的那段時間，看起來很開心啊！這是你的夢想吧，難道不想放手一搏嗎？」

篤驀然低下頭去，琢磨半天，擠出零碎的句子：「……都是小時候的事了。」

葉闌珊的笑容僵住了。

「我早就過了做夢的年紀了。」篤驀然苦笑：「那時候隨便說的話，你居然記到現在，記性也真夠好的。」

「不是因為記性好……」像是下了什麼決心，葉闌珊把身子傾向篤驀然：「如果我說，我喜歡你，你會怎麼樣？」

篤驀然猛地轉過頭，盯著葉闌珊，葉闌珊的手伸向他，在觸摸到他之前，又縮了回去。

「……開玩笑的。」葉闌珊露出笑容：「都是小時候的事了。」

06

「你剛才說你喜……」

篤驀然半天說不輪轉「喜歡」倆字，可葉闌珊只是笑著看他，轉移了話題。他們又聊了一小會，後來葉闌珊說他有事得先走，便站起身。

「你可以到這個地址來找我，」葉闌珊把自己租屋處的地址發給篤驀然：「不過我開學後就沒辦法常常回台北了，你在這裡要活得爭氣一點喔。」

「廢話，你以為我是誰啊。」

「你要是沒錢了就跟我說，我借你，要記得吃飯。」

「欸，我都在打工了，怎麼會沒錢？現在應該是你比較窮吧！」

「哈哈，對喔，我都忘了。」

葉闌珊的臉上掀起一股難以抹滅的落寞，他慢慢往門口走去：「那……我回去囉？」

「掰掰。」

篤驀然向他揮手，葉闌珊一步一回頭，走得依依不捨，他忍不住笑了：「幹嘛啦，搞得跟永別一樣。」

下個瞬間，葉闌珊忽然轉身，伸出雙手，緊緊地擁抱了篤驀然。篤驀然滿是驚愕，心跳倏地加快，等他反應過來，葉闌珊已經跑開，他只來得及看見他的背影。

篤驀然全身顫抖，雖然只有短短的一瞬間，可他分明看見葉闌珊的眼框紅了，連忙追上去，沒找到人，打了電話，也是關機狀態。

跳上公車的葉闌珊全身虛脫，蹲在車門處大口喘氣。

完蛋了完蛋了，一個不小心就說出來了，我這個白痴！他恨不得一頭撞死自己，這下好了，篤驀然肯定會覺得我噁心，好不容易見面的，以後該不會連朋友都做不成了？想到這裡，他鼻子一酸，眼淚差點掉下來。

「怎麼辦……」

篤驀然徹底成了行屍走肉，連走路都會撞到柱子。

開玩笑，生平第一次被人告白，還是個大老爺們，這都什麼跟什麼？篤驀然越想越煩，有些恐慌，但更多的是疑惑。

不該是這樣的，篤驀然不明白，葉闌珊口中的「喜歡」，是他所想的那個意思嗎？如果是，那究竟是從什麼時候開始的？國中？還是高中？應該說，為什麼是我？全天下這麼多人，為什麼偏偏是我？更別提咱倆還都是男的！

篤驀然打開冰箱，想喝瓶飲料冷靜一下，裡面卻空空如也。

「對不起，都喝完了，還沒補貨。」廖東海從他身後走過去。

「……唉。」

篤驀然抱著冰箱嘆氣，這樣下去不是辦法，應該再把葉闌珊找來，跟他問個清楚才是。可他光想到那天葉闌珊的神情，就沒勇氣打電話，他是那麼地認真，我又該如何應對？他只想繼續和葉闌珊當朋友，其他什麼都不要管，為什麼非得要逼他去想這種彆扭的問題！

「你怎麼啦？」

有誰拍了他的肩膀，他嚇得跳起來，原來是廖東海。

「你已經抱著冰箱很久了。」

篤驀然立馬站起來，避開廖東海的視線，再度躲進包間，把自己鎖在房裡，整理一團亂的思緒。聽著自己越來越平緩的心跳聲，漸漸發現，他其實並不牴觸葉闌珊所謂的「喜歡」，相反，聽見這話的時候，他感覺心裡有些酸，甚至有點……

該怎麼說，高興？

除了前科，什麼都沒留下，就這麼兩手空空地來到世間，渾渾噩噩地活著，篤驀然從沒想過有一天，會有那麼一個人，對他說出「喜歡」兩個字。

叩叩。

有人敲門。

「你怎麼了？跟葉闌珊吵架了嗎？」是廖東海的聲音。

「你不要管啦。」

門外的廖東海笑著說：「免費提供諮商還不領情？」

「……東海哥，」篤驀然好不容易才擠出聲音：「你覺得，像我這樣的人……也有被人喜歡的資格嗎？」

「資格？」

篤驀然發覺自己的聲音在顫抖：「我一直搞不懂，我也能被人喜歡嗎？也有獲得幸福的資格嗎？也有能帶給別人幸福嗎的一天嗎？從來沒有人喜歡過我，見到我就只有壞事，我怎麼可能做到？」

「……其實，」廖東海輕聲說：「喜不喜歡、幸不幸福，從來都跟資格沒有關係。你只要想想，一直以來對你情義相挺的人都是誰，就會知道答案了啊。」

「你在說什麼……」

「他一直都很相信你，所以你也要相信自己，就算不能有圓滿的結局，至少也該試一試。而且，這世界上總會有個人，只要你存在，他就會感到幸福，所以，這並不是難事。」

廖東海說完，篤驀然就聽見他遠去的腳步聲。

又回到剩下自己一個人，篤驀然低下頭，抱著膝蓋，他當然知道廖東海指的是誰。

葉闌珊。

當初首先向自己搭話的人是他，教他作業幫他考上志願的是他，在他被所有人當成罪犯遠離時始終相信他的，也是他。甚至，在離別五年後，代替懦弱的自己記住唯一的夢想的人，還是他。

不論發生什麼事，葉闌珊總是站在自己身後，只要他一回頭，就能看見他在原地默默等候，已經很久很久——

他口中的「喜歡」，這兩個字所包含的，肯定不是愛戀而已，而是更加複雜的什麼。

因為無論如何，葉闌珊都站在自己這邊。能有一個願意和自己並肩作戰的夥伴，對他而言，又是何其幸運的一件事。

篤驀然摸著自己的胸口，葉闌珊的體溫彷彿還殘留在他身上，那麼熱烈而溫柔。

「葉闌珊！我操你大爺！」

篤驀然推開窗戶大喊，受驚的鳥兒紛紛飛起。

沒錯，我得提起勇氣。即使不能圓滿，至少也要面對吧？篤驀然衝出房間，抓起披在椅子上的外套，對廖東海說：「老闆！我今天晚上請假！」

「又要請假？你要去哪裡？」

「去找那個大白痴，我有話要跟他說，是只能見面說的、很重要的話！」

篤驀然邊喊邊跨上機車，插入鑰匙，朝大白痴的方位狂飆而去。

對不起，總是沒有發現，原來你一直都在等我。

篤驀然忽然想起很久以前，他們國中一年級的時候。上課時葉闌珊總愛扯篤驀然長長的頭髮，扯得太過分了，他就會回頭瞪葉闌珊，後者便露出勝利的微笑。

「你幹嘛玩我頭髮？」他不高興地護住後腦勺。

「我想要你轉過來呀。」葉闌珊說得理直氣壯。

「為什麼？」

「因為我想看你驀然回首。」

包裹五：我的阿福

01

孫莫凡今天心情特別好，因為李小倩的阿福終於修好了，十分鐘前他才從雜貨店把阿福領回來的。為了迎接阿福，李小倩還訂了一個紅色的座墊，前幾天才去便利商店拿回來的，她說以後都要讓阿福睡在這個座墊上。孫莫凡才懶得管，他只知道，阿福回來，李小倩就會走人。

煩人的屁股女終於要離開這裡啦！孫莫凡美孜孜地想，踏著歡快的步伐回到「四海一家」，一推門，就看見李小倩盛裝打扮等在吧台了。說是盛裝打扮，其實也只是換了件乾淨的T－恤、梳了頭髮而已，不過對她而言，這或許就是極限了吧。

「小孫！阿福真的回來了嗎？」一看見孫莫凡，李小倩便湊上前。

「不要叫我小孫啦，很丟臉欸！」

「你比我小，我當然可以叫你小孫啊！」

「可惡……」

孫莫凡咋舌，天曉得李小倩怎麼看怎麼幼稚，居然比自己大一歲，甚至讀的還是上游大學的地質科！他知道這件事的當下，真想搥胸頓足仰天長嘯，這世界真是不公平。

「好啦，不要擺臭臉了，快點把阿福還我吧！」

李小倩一把搶過孫莫凡手中的紙箱，小心翼翼地放到吧台上，拿起事先準備好的美工刀將膠布劃開。打開紙箱的那一刻，她的表情很興奮，抽出墊在裡面的氣泡紙之後，突然從興奮跌落到震驚，再從震驚變為委屈，然後淚眼汪汪地抬起頭：「小孫……」

「幹嘛幹嘛？又怎麼了？」

孫莫凡過去一看，也愣住了。

紙箱裡的阿福，居然仍是支離破碎！

孫莫凡拾起一塊碎片，邊緣非常鋒利，沒有任何沾過接著劑或者是任何什麼東西的跡象，也就是說，那個技師並沒有修理阿福，而是將它原封不動地送回來了。他大驚，這個死人骨頭沒修好，不就表示屁股女還要繼續賴著不走嗎！不可以！絕對不能讓這種事情發生！

「妳先不要哭喔，我打個電話。」

孫莫凡開口制止李小倩即將開始的崩潰演出，掏出手機，撥了雜貨店老闆給他的號碼。

嘟嚕嚕……嘟嚕嚕……

『喂？』對方接電話了，是個中年大叔的聲音。

「喂，你不是說要幫我們修那個骷髏頭嗎？怎麼還是碎的？你想騙錢啊？你奸商嗎？你是不是@*$&#……」

孫莫凡一上來就劈頭蓋臉丟出十幾個問號，他不擅長罵人，連著吃了好幾次螺絲，等他罵得告一段落，才聽到那大叔嘆氣的聲音。

『我告訴你，小弟弟，』大叔很緩很緩地說：『那個骨頭不要留在身邊，快點找個地方丟掉吧。』

「蛤？為什麼？人家的東西憑什麼要丟？」

『你不要知道比較好，相信我，快點把它丟掉吧！』

「你什麼意思啊……喂？等一下！你給我解釋清楚啊！喂？喂！該死，喂，李小倩，他不幫忙修就算了，居然還一直叫妳把骨頭丟掉，這人到底是怎樣啊！」

孫莫凡氣得咬牙切齒，感覺有人在拍他肩膀，是李小倩。她手上拿著一塊稍微大一點的阿福的碎片，臉色蒼白：「你看……」

「幹嘛？看什麼？」

「這裡，是不是有個圓形的痕跡？」

李小倩指著碎片上一個不明顯的圓形凹痕，原本應該是個洞，只是被某種材料填補起來了。因為外側被刷上了金漆，完全看不出來，只有從內側看才能瞧出一點端倪。

「真的欸，怎麼會有洞啊？」

「而且，這個部位剛好是天靈蓋。」

「妳怎麼知道？明明都碎成這樣了欸！」

「我對人體結構很有研究喔。」李小倩露出得意的笑容。

「妳真的是個怪女人欸……」

「不對啦，這不是重點！你想想看，天靈蓋上面有洞，最有可能是為什麼？」

「嗯……」

孫莫凡思索幾秒，然後一個恐怖的畫面閃過他的腦海，他連忙甩甩頭：「不知道。」

「你騙人，你明明就想到了！」

「沒有！」

「明明就有！」

李小倩湊到孫莫凡耳邊，慢條斯理說了五個字：行——刑——式——槍——決——

「啊啊啊啊啊！沒聽到沒聽到沒聽到！」孫莫凡立馬捂住耳朵亂吼亂叫。

「所以，你覺得呢？」

「什麼叫『我覺得呢』！不可能是真的啦！」孫莫凡環抱雙臂掩飾浮起來的雞皮疙瘩：「死人骨頭又不是真的死人骨頭，怎麼可能會被槍——」

「噓！」

李小倩把食指放在唇邊，這時間店裡沒什麼客人，但因為這樣只要有人說話就會變得很明顯，顯然這不是什麼值得大張旗鼓宣傳的事情。

「喔，歹勢。」孫莫凡自覺閉嘴。

李小倩放低音量：「我的意思是，搞不好我們一直都誤會了，阿福其實是真正的人骨。」

「妳從哪裡看出來的？」

「因為不管是顏色還是質感，都很像真的，你看這個光澤……」

「啊啊啊又來了又在說可怕的話了！妳這個靈異獵奇狂熱女！走開啦！」

「這就是我們現在為什麼會坐在這裡的理由。」

窄小的客廳，李小倩雙手交疊膝蓋，端坐在紅皮沙發上，優雅地說。孫莫凡斜眼瞪著她，表情就像在說「妳還真能裝」。

「喔——這樣啊，我瞭解了。」

大概是這間屋子的主人的年輕男子躺在搖椅上抽著水菸，從嘴裡呼出一個完整的菸圈兒，透過圓圈漸漸擴大的洞口看著眼前的兩位訪客。

「所以，你能幫我們看看這是不是真正的人骨嗎？」

李小倩把裝著阿福碎片的紙箱放到沙發前的長桌上，男子用雙手撐起身體，漫不經心地抬起下巴看了一眼，然後把視線移到李小倩身上。

「如果是真的，妳打算怎麼辦？」他問。

「我……」

「如果這個骨頭是真的，那這就是一起命案喔，妳做好心理準備了嗎？」男子露出一抹邪笑。

「嗯。」

李小倩堅毅地點頭，坐在她身邊的孫莫凡表情開始扭曲。

「好喔，算妳有種。」

男子把菸斗放下，慢吞吞地拆箱子，從身邊的一個鐵盒子裡抽出一副矽膠手套戴上，然後用兩隻手指捏起一塊碎片。幾乎就在同時，孫莫凡看見了他眼中閃過一瞬間的興奮，緊接著他便拿出手電筒跟放大鏡，有板有眼地研究那塊碎片了。

「欸，他好像真的很專業喔。」李小倩跟孫莫凡說悄悄話。

「我覺得他比較像在裝逼。」

孫莫凡老實說出心中的想法，這位先生自稱「MR.K」，是消波塊介紹的，休學前好像讀的是醫科，不知道醫的什麼，但對於骨頭跟血液頗有見識這點肯定沒跑。他對於這種連名字都不肯透露的人通常沒啥好感（小申不算），不過既然是消波塊的朋友，也就姑且信之。

半天，MR.K心滿意足地把碎片放回箱子裡，拍了下手：「恭喜！」

「恭喜什麼？」李小倩問。

「你們中獎了，是真貨喔。」

MR.K的語氣彷彿在播報氣象一般稀鬆平常。

02

「你說的是真的嗎？不是在唬爛我們吧？」孫莫凡扯出僵硬的笑容：「你在開玩笑，對不對？」

「哈哈，不是喔。」MR.K笑瞇瞇地說。

「NOOOOO——」

孫莫凡抱著頭跪倒悲鳴，這居然是真．的．人．頭！這玩意兒之前還被擺在狼狼的座墊上面、我還摸過它！那表面光滑裡面粗糙的微妙觸感爬上他的心頭，騷得他全身麻麻癢癢，讓他恨不得立刻昏倒在地。

「阿福……居然是真的……」

李小倩倒是冷靜得多，她盯著箱子裡的碎片良久，問MR.K：「你有辦法幫我修好它嗎？」

「可以是可以，不過我是不做白工的，尤其修復作業需要花很多時間。」

「我知道，我會給你錢的！」

「不過李小姐，妳修好它之後打算怎麼辦？埋葬嗎？」

「……不是。」

「難道妳想繼續把它留在身邊？」

李小倩像是下了什麼決心：「我想幫阿福找到它的家。」

「家？」

「我想知道阿福的身分，它是男的還是女的、幾歲了、住在哪裡……當然還有最重要的，兇手是誰？它的身體在哪裡？我想找到它的身體，親手把阿福送回它應該在的地方。」

李小倩說這話時的口氣特別溫柔，她緊緊抱著紙箱子，好像抱著情人一樣那麼緊。孫莫凡被她這突如其來的認真態度嚇懵了，看了看MR.K，他卻只是微微點頭。

「還有，」李小倩從箱子裡拿出那塊有洞的碎片：「如果可以的話，也麻煩你幫我看看，這到底是不是子彈打出來的傷口。」

「可以啊。」MR.K接過那個碎片，順手裝進夾鏈袋裡。

「……你是不是很想問我，為什麼不去報警？」

「反正一定是什麼『不信任警察』之類的理由吧？像妳這種人很多啊，我給很多道上人醫過病，他們都恨透了公權力。」

「你是密醫？」孫莫凡驚恐地指著他。

「我的醫術沒有好到可以這樣自稱，不過你如果要這樣認為也可以啦。」MR.K露出有點驕傲的笑容。

消波塊那傢伙到底都認識了些什麼妖魔鬼怪呀……孫莫凡心中一凜。

「好啦，如果沒事的話你們就先走吧，我要開始修骨頭了，修好我會再通知妳。」

「好！啊，這件事請你絕對不要告訴別人喔！」

「那要再加封口費，一萬。」

「那麼多？五千！」

「八千。」

「六千！雖然不多但是我保證每一張鈔票上都有我愛的重量！」

MR.K無奈地聳肩：「好吧！」

「太好了——謝謝你！」

李小倩跳起來握住MR.K的手猛搖，後者被她弄得有點尷尬，用力把手收回去，以點頭代替道別。孫莫凡拉著李小倩離開的時候，看見他拿起衣架上一件有些泛黃的白大掛披上，瞬間他看起來就像個真正的醫生了，還是全身發出佛光的那種。

我錯了，不是妖魔鬼怪，原來是神仙嗎？孫莫凡想。

「所以妳為什麼不報警？」

回程，孫莫凡壯起膽子問坐在他後座的李小倩。對方沉默幾秒：「你真的想知道嗎？」

「不然咧，手邊有個可能死於殺人案的人頭，居然打算自己處理，妳到底在想什麼？也太亂來了吧！妳想，是什麼樣的人才有可能會被槍殺？當然是惹上黑道的人啊！如果是普通人，怎麼可能會被用那種方法殺死？這個事件要是跟黑道有關係，哪是妳可以處理的！」

「可是，」李小倩小聲嘟囔：「現在的警察跟黑道，根本就是一起的，警察會跟黑道交換情報，如果黑道知道報案的人是我，不就反而更危險了嗎？」

「妳電影看太多了吧，哪有那種事？」

「而且，都已經變成骨頭，表示阿福肯定死很久了，又什麼線索都沒有，警察不可能多積極處理這個案子，說不定十年、二十年過去，都還是懸案，阿福就只能一直被鎖在檔案櫃裡了，你不覺得這樣很可憐嗎？」

孫莫凡有些惱火：「那妳自己去找兇手，可不要把我也扯進來！」

「沒錯，我要自己去。」李小倩像是在賭氣般：「本來就沒有要你管。」

孫莫凡不再回話，專心騎他的車，卻感覺有什麼堵在胸口，難受得要死。

回到「四海一家」後，李小倩就打包行李走了，連聲再見都沒說。廖東海看出她心情不好，問孫莫凡怎麼回事？孫莫凡啐了句「誰知道」，兩手插在口袋裡晃進地下室的撞球場，想玩點什麼解悶。

一下樓，孫莫凡首先聽見的是小申的聲音。

「後退一點，我要開始了。」

嗯？什麼？開始什麼？孫莫凡直覺有危險，迅速往牆邊靠，果不其然下一秒，一根球桿宛如標槍朝他的方向射過來，發出響亮「叩」一聲，撞到牆壁掉在地上。

「好身手。」

小申走過來把球桿撿起，看著孫莫凡驚魂未定的臉：「幹嘛那表情？」

「申哥……你在做什麼？」

「打球啊。」

打球怎麼會打到球桿飛出去？孫莫凡再次對小申胡說八道的能力嘆服。小申沒有要跟他多聊的意思，撿了球桿又回到球桌前，他這才注意到，還有另一個人站在球桌旁，看到那人不合時宜的長靴，他才想起來，這不就是佟道寰嗎！

「咦？百葉豆腐！你來這裡做什麼？」孫莫凡壓根沒想到會再看見他。

「哈囉！」佟道寰以魔法少女拿魔法棒的姿勢兩手握著球桿，甜甜一笑：「我請申哥當我的武術指導啊！」

「你什麼時候認識申哥的？還有武術指導又是蝦毀？」

「我正在拍的連續劇下一次有武打鏡頭，但是我根本沒有概念，劇組裡的武術教練又兇得要命，所以我打電話跟阿海求救，他就把申哥介紹給我啦！他真的好厲害喔，比那個爛教練還要強幾百倍！」

「廢話，人家申哥可是貨真價實的流氓欸！教練只會花拳繡腿啦！」

孫莫凡也跟著得意起來，頓時忘了自己是來打撞球的，在球桌旁坐下，說要看他們練習武術。

小申當然同意了，顯得更起勁，球桿在他手上就像有生命一般，流暢地舞動著，兩人都看傻了眼。

示範告一段落，小申指著孫莫凡：「你，上來試試看。」

「為什麼是我？要學的人是百葉豆腐吧！」

「你連架都不會打，以後要怎麼保護別人？」

「蛤？我要保護誰？」

「李小倩啊。」

「噗——」

孫莫凡差點把一年份的口水都噴出來，趕忙辯解：「不對不對！那個女人才不需要我保護哩，再說了我跟她一點關係也沒有啊！」

「呵呵，是嗎。」小申點頭，不再理孫莫凡，把球桿塞給佟道寰：「佟，換你了。」

回到自家的李小倩對著網頁，忐忑地按下一串號碼，反覆檢查好幾次，確定沒錯，卻遲遲不敢撥出。

我到底在怕什麼？不過就是打個電話嘛，幹嘛緊張成這樣？

李小倩皺眉，手指在螢幕上游移。

其實，我也不是真的那麼白痴，想要自己破案，只是也想替阿福出一份力——反正以現階段來說，應該不會有危險吧……

想到這裡，李小倩深吸一口氣，按下撥號。

那是當初把阿福賣給她的賣家的手機號碼。

03

『喂？』

電話那頭傳來賣家的聲音，是個中年女性，她似乎在車上，背景是車流和喇叭交錯的聲音。

「喂？請問是溫小姐嗎？」李小倩說：「我是之前和妳買過東西的……」

『妳等我一下喔，我現在不方便說話。』

溫小姐說完就把電話切了，幾分鐘後再度打來，這回她已身在一個比較安靜的場所：『請說？』

「那個，我姓李，兩年前跟妳買了一個金色的骷髏頭，妳還記得嗎？」

『金色的骷髏頭……啊！妳說那個喔，怎麼了？』

「就是……」李小倩邊說邊琢磨用詞：「我有一個朋友對那個骷髏頭很有興趣，想知道詳細一點的資訊……」

『這個我也不知道欸！』溫小姐直截了當：『那個是跟一個做工藝品的師傅買的，不過已經很多年了，我不知道他還在不在那邊，妳要是有興趣，我把地址告訴妳吧！』

「好，麻煩妳了！」

李小倩說完掛斷電話，沒過多久一封簡訊送達，裡面是那個師傅的工作坊的地址。她從沒去過那個地方，不過多少曉得那附近很多黑市，有許多黑道及政商名流出沒，再沒神經她也擔心起自己的安危，於是她決定喬裝打扮。

李小倩套上她娘的黑色薄長衫，往脖子上圍了條絲巾，塗了口紅和指甲油，再戴上一副褐色太陽眼鏡，土氣女大學生立馬變身貴婦，雖然是有點刻板印象的貴婦。她對著鏡子轉了一圈，很滿意，便高高興興出門了。

練習告一段落，佟道寰就地坐下來休息，喝著小申遞給他的冰水。小申丟下球桿就不知去哪了，孫莫凡往佟道寰隔壁一坐，和他搭話：「嘿，豆腐，最近過得怎麼樣啊？」

「忙死了，光這禮拜我就有三個廣告要拍，一個是汽水廣告，另外一個是手機代言，還有一個是市政府的宣傳……真是煩死了。」

「哇靠，連政府都找你廣告，你到底要紅到什麼地步才甘願啊——不對！這不是重點。」孫莫凡拍了下大腿：「我想問你一件事。」

「什麼事？」

明知在場沒別人，孫莫凡還是左右看了看，放低聲音：「如果你今天被牽扯進一件兇殺案，無意中發現了重要的線索，可是又不能報警，你會怎麼辦？」

「嗯——我會想辦法湮滅證據、把自己撇得乾乾淨淨。」

「那如果，這件事被兇手知道了，他要追殺你，怎麼辦？」

「不能報警嗎？」

「不能。」

「那我會雇用幾個保鏢，逃到國外去，這樣他們就追不到我啦。」

「她哪有那個錢啊！」

「啊？你說誰？」

「沒事！」孫莫凡出了一身冷汗，好險，差點就說溜嘴了。

「不過你為什麼會問我這個？如果真的有什麼危險，交給申哥處理就好啦。」

「……」

果然，佟道寰還只是個小鬼，思考模式相當簡單，可這是絕對行不通的。

如果讓小申知道，那情況一定會暴走。往哪個方向暴走不好說，但絕對會出現很誇張的展開，小申人稱「申瘋子」，一個瘋子會幹出什麼事情，可不是他能控制的。現在是最需要低調的時候，孫莫凡想，果然還是得說服李小倩，讓她把那個死人骨頭給丟掉。

出現在李小倩面前的，是一間破得連店名都看不出來的店。玻璃門早已破碎，門上胡亂貼著報紙和日曆紙，牆壁被藤蔓佔據，門口堆滿垃圾，怎麼看都不像有活人住在裡面的樣子。若是普通人，光看這陣勢早就嚇得邁不開步，可李小倩上山下海見過無數靈異景點，這對她而言都是小菜一碟。

所以，她抬頭挺胸地推門進去了。

屋內很暗，就著從窗戶透進來的光可以看到，裡面堆滿了巨大的、奇形怪狀的木頭。李小倩想，那有可能是漂流木，有的已經被加工到一半，呈現神像的頭部。她在木頭堆裡探頭探腦，沒看見人，喊了幾聲，也沒人回應。

怪了，不在嗎？李小倩正想離開，突然有人抓住她的肩膀，把她跩過來。

李小倩回頭，對上的是一張葡萄乾一樣的皺臉。

「哇！」

「小姐！妳來這裡做什麼！」

那個穿著一件掛滿工具的圍裙的皺巴巴老頭子開口，露出僅存的兩粒門牙。

「我、我來找師傅……」

「我就是啊！」

「啊？真的喔？」李小倩把「怎麼看起來不像」幾個字給吞了回去。

「對啦，妳找我幹嘛？妳想訂做雕像嗎？妳有錢嗎？妳分得出來這些都是哪種木頭嗎？我告訴妳嘿，我是藝術家，不賣東西給不識貨的人啦。」

「對不起，雖然你講得很高興，但是，我不是來買東西的……」

「蛤！」老頭嘴巴頓時張得比碗公還大：「不是來買東西的，那妳來幹嘛？」

「我想請問，你有沒有做過一個金色的骷髏頭？」

聞言，老頭的銅鈴眼轉了幾圈，隨後露出一抹詭異的笑容：「妳說那個喔？」

「是、是你做的嗎？」

「妳怎麼會對我那麼久以前的作品有興趣啊？」老頭步步逼近。

「我只是……」李小倩有些害怕地往後退，「框」一下撞到了一根漂流木。

「我跟妳講喔……」老頭從圍裙的口袋裡掏出一把陳舊的雕刻刀，拿到李小倩的眼睛前：「我住的地方旁邊有一條河，常常會漂下來一些木頭啦、石頭啦，那種哩哩扣扣的東西，我沒事就去裡面挖寶……」

「對不起，我、我還有事，可以先走嗎？」

「我還沒講完哪！然後啊……有一天我從裡面撿到一個很不一樣的東西，妳猜是什麼？」

雕刻刀離李小倩越來越近。

「我、我不知道！」李小倩感覺自己的喉嚨被掐住了，發不出聲音。

「要不要我帶妳去那條河看一看，這樣妳就知道啦……嘿嘿……」

老頭把雕刻刀輕輕貼上李小倩的臉，劃過她細緻的皮膚，李小倩閉上眼睛，全身僵硬，就在此時，她口袋裡的手機響了。

「啊！」

凝結的空氣又開始流動，老頭被突如其來的聲響嚇到，雕刻刀掉在地上，李小倩趁機閃身踢倒漂流木，頭也不回地往外跑。

手機仍在震動著，李小倩接通電話，傳來孫莫凡的聲音：『喂？妳在哪裡？死人骨頭丟掉了沒？』

「孫莫凡！好巧喔，你怎麼會打電話來！」

『啊？』

「謝謝你救了我一命！」

李小倩大吼。

04

「我告訴妳，不要以為妳都在跑靈異景點就天不怕地不怕了，活人是比鬼還恐怖的！真是的，妳真的是我學姊嗎？怎麼連這點都不懂啊！」

孫莫凡拿起用廣告單折成的紙扇裝模作樣地搧風，翹著腳坐在球桌上，瞪著低頭下跪的李小倩。

「知道了。」李小倩不甘不願地嘟囔著。

「現在妳冷靜下來了嗎？」

「冷靜下來了。」

「所以，之後應該怎麼辦？」

「乖乖報警。」

「Good！這就對了。」孫莫凡打了個響指。

「但是，我還是覺得警察只會擺爛——」

「總比妳差點被怪老頭做掉來得好吧！」

「唔。」

李小倩立即噤聲。

見她這樣頹喪的樣子，孫莫凡有些幸災樂禍，沒想到這女人居然真的獨自跑去調查，到底是膽子太大還是太傻呀？要不是他恰好打了一通電話，李小倩不知道會被那個老頭怎麼樣，光想到這點，孫莫凡就頭皮發麻。

話又說回來，我幹嘛要這麼擔心她？我和她有這麼熟嗎？明明只是個愛搞事的屁股女，為什麼我要這麼雞婆？唉，一定是我心腸太好了，看到別人有危險就忍不住出手相助。孫莫凡替自己找了個冠冕堂皇的理由，乾笑幾聲。

「小孫……」李小倩站了起來：「謝謝你讓我清醒過來。」

「啊？不用謝不用謝，哈哈哈哈。」孫莫凡繼續搧風。

「我現在就去報警。」

李小倩慢吞吞轉身，然後「哇」地驚叫。

小申靠在門邊，舉起兩隻手指頭和他們行禮。

「申申申哥！你什麼時候在那裡的！」孫莫凡嚇得把紙扇給撕了。

小申作勢思索半晌：「從『之後應該怎麼辦』這句話開始。」

「啊哈哈，我們絕對沒有做危險的事喔！」

「兇殺案還不危險？」

「你怎麼知道……」

「剛才佟問我，如果我被牽扯進兇殺案應該怎麼辦？雖然他問的是假設性問題，但既然是從你那聽來的，就一定是真的。」

「為什麼我講的就一定是真的！」

「因為你是不會說謊的人。」小申的語氣聽起來像在笑：「看來我猜對了。」

那小子是藏不住祕密的類型啊……孫莫凡徹底被擊沉，沒想到他全都說出去了！這才過了多久啊！更沒想到的是，申哥光憑這樣就理解了來龍去脈，真不愧是他最崇拜的男人，危險到爆！

「呵呵，我不會插手的，去報警吧。」小申用拇指比了比門外。

李小倩和孫莫凡對看一眼，默默往外走，踏出撞球場的時候，小申突然開口：「不過，妳想不想給那老頭一點教訓？」

「萬歲——出發去打人囉——」

「妳也太開心了吧！給我坐好！還有申哥！你怎麼會突然提議要報仇啊！不是說了要報警嗎！」

孫莫凡騎著狼狼，後面坐著興奮不已的李小倩，吃力地追在小申的ZX-10R後面，透過對講機大聲吐槽。

『報警之後就會有很多事情沒辦法做，當然要先下手為強。』

小申空出一隻手給他們比了個大拇指。

孫莫凡都不知道該哭還是該笑，果然跟他想的一樣，事情朝著超不妙的方向發展了。連著十多部重型機車從他們身邊呼嘯而過，都是小申的同夥，既然都要報仇了，就得多落幾個人，場面才夠盛大。本來還想找篤鶩然一塊，可他跟葉闌珊不知道跑哪兒去了，好幾天沒回店裡，就臨時多Call了幾個車友。

說起這些車友，基本上廖東海特別不喜歡他們到店裡來聚會，那什麼，進門就看見一群戴著安全帽的大佬爺們坐在那兒，心臟不好的人真的會出事的好吧？孫莫凡不曉得這群玩車的為什麼都和小申一個德性，究竟是原本就這麼奇葩，還是被小申帶壞，不得而知，他只知道，「人比車兇」是他們圈子的真理。

一陣狂飆，兇猛的重機車隊在那間小破店門口停下，刮起一陣旋風掃落葉，孫莫凡感覺自己像誤闖狼群的博美狗，不由得畏畏縮縮。倒是李小倩開心得不行，臉上泛起紅暈，激動地拍著孫莫凡的肩膀：「他們要進去了！」

是的，他們要進去了。

以小申為首，這群頭戴安全帽手持鋁棒或狼牙棒或流星錘或雙節棍或各種武器的漢子們殺氣騰騰闖入店裡，二話不說開砸，瞬間木屑飛散、塵煙四起，隱約聽見老頭的聲音：「你們是誰啊？喂！不要打了、不要打了！」

「喂，那個老頭子不會怎麼樣吧？」李小倩竟擔心起了老頭的人身安全。

「放心啦，他們下手都很有分寸的。」早已習慣的孫莫凡冷靜地回答。

這時，有個人影慌慌張張從店裡跑出來，原來是那個老頭，他的上衣不知為何沒了，褲子也不翼而飛，全身只穿著一件小褲衩。他跌坐在地，嘴張得大大的，卻一點聲音都沒發出來。小申從後面出現，一隻手將他踐起，把人拖到李小倩面前。

「道歉。」小申冷冷地說。

「道、道什麼歉？」

「活到一把年紀了，連基本禮貌都不懂嗎？」小申扯動雙節棍中間的鐵鍊。

「對不起！」老頭下跪了。

「很好，然後呢？」

「什麼？」

「跟我們說說那個骷髏頭是怎麼回事吧。」

MR.K獨自窩在狹小的房間，面對一張堆滿陳舊資料的工作桌，蒼白的檯燈映照著他手中的頭骨碎片。他戴著放大鏡，仔細檢查那個圓孔周圍的每一吋細節，眉頭越發深鎖。

「不會錯……」

MR.K喃喃自語，他相信自己的判斷力，這個神祕的圓孔，的確是由子彈所造成。也就是說，這千真萬確，是一個被槍殺的人的屍骨。想到這點，他額頭滲出汗水，手指也微微發顫。

要告訴那個女孩嗎？他有些猶豫了，雖然平平都是人骨，可「死於非命」和「壽終正寢」是兩種完全不同的概念。如果是後者那就簡單，現在偏偏是前者，牽扯到的關係人可能數也數不清。要是她知道了真相，勢必會更積極地去尋找真兇吧，可是，這分明是一起被蓄意隱藏的死亡事件，擅自將背後的祕密挖掘出來，真的是最好的選擇嗎？

如果我說，那不是彈孔，只是死後人為的損壞，那女孩會相信嗎……

05

「是從河裡漂下來的。」

不管問了幾次，老頭的說法都一樣，說是在河裡撿到阿福的，其他什麼都不知道。小申似乎不相信，架著老頭讓他帶路，說要親自去河邊看一看。孫莫凡原以為報復完就好閃人，結果調查居然很順理成章地進行下去，恰好如了李小倩的意。

老頭的店的位置很偏僻，周圍幾乎沒有別的建築，後方有個小山丘，翻過去就能到河邊。小申讓車友們都先回去，押著老頭上坡，他不說話，老頭也不敢說，坡道兩旁的柳樹和芒草被風吹得沙沙作響，氣氛變得有點詭異。

「喂，你說申哥是不是根本就超想一起調查的？」走在最後面的李小倩悄聲問孫莫凡。

「天曉得……」

出發約莫十多分鐘，開始聽見流水聲，再往前幾公尺，坡道變緩，一條藏身在芒草之間的小河於焉出現。小申放開老頭，老頭立刻蹲在地上喘氣，這條路對他而言太遠了。一夥人沒管他，撥開芒草一探究竟。

這條河約莫寬三公尺，水裡漂著許多樹枝和垃圾，呈現混濁的灰色，看不見底，也不曉得有多深。水流不算急，但有許多圓禿禿的大石頭突出水面，長滿了青苔。李小倩最先跑到前面，隨手抓了一根樹枝往河裡插，樹枝半截都淹沒進去了，她嚇了一跳，這水起碼能淹到人的腰部。

「看不出來這麼深欸！」

「不過這條河真的好髒。」孫莫凡覺得好像還聞到了什麼臭味。

李小倩歪著頭：「不知道上游通往哪裡？」

「喂，」小申踢了踢老頭：「你到過上游嗎？」

老頭唯唯諾諾地說沒有。

「你平常都怎麼撈東西的啊？」孫莫凡問。

「用、用網子。」

「骷髏頭也是用網子撈上來的？」小申又踢了老頭一下：「這裡石頭這麼多，骨頭從上游掉下來難道不會碎嗎？」

「我真的不知道啊！真的是我用網子撈上來的！」老頭幾乎要哭了。

「而且，有一點我很在意，一般人撈到骨頭，應該都會報警吧？為什麼你卻直接把它做成商品？」

「我、我……」

「難道，」小申的聲音突然變得陰冷：「這種事你經常做？」

「我真的不是故意的，對不起、對不起！」

「呵呵，看來你不打算隱瞞，那麼，不介意我們搜一下你的工作室吧？」

小申轉動脖子的筋骨，往後領口抽出一根金屬長棍，拿在手上轉了兩圈，把自己的雙節棍丟給李小倩，指指下山的路。孫莫凡完全不明白這是要幹啥，李小倩卻心領神會，抓著棍子跟了上去。

孫莫凡感覺自己被看得扁扁的，憑啥把武器給李小倩不給我？從以前他就覺得了，小申一直對他很冷淡，到底為什麼！我可是他的徒弟欸！

「申哥！你為什麼不給我武器！」

小申頭也沒回：「你不需要。」

「不對啦！不管你們想幹嘛，總不能把我排除在外啊！也讓我參與嘛！」

「你不是最怕麻煩了嗎？」

「一點也不麻煩！」孫莫凡跑到小申旁邊，大聲說。

小申看了孫莫凡一眼，把長棍塞給他，然後伸手摸他的頭。孫莫凡整個人像是被電到一樣酥酥麻麻，雖然動作粗魯，可這還是他第一次被摸頭！這是什麼意思？誇獎？疼愛？不管啥意思，反正一定是好事！他開心得像第一次戀愛，捂著胸口幾乎要跳起來。

「……你在幹嘛？」李小倩投來關愛的眼神。

「看、看屁啊！不准看！轉過去！」

回到店裡，孫莫凡和李小倩在小申的指使下開始一樣樣檢查那些工藝品。他總算明白所謂「搜一下」的意思，小申懷疑，老頭改造的屍體不只阿福一具。雖然他告訴自己不可能有這種事情，可對照老頭的反應，又覺得很合理。

畢竟剛才被質問的時候，老頭說的是「我不是故意的」，而不是「我沒有」。

孫莫凡瞇著眼睛，儘量縮小自己的視線範圍，以免到時突然看見什麼骨頭還是屍塊會嚇死自己。他不敢碰那些木雕或陶瓷作品，用兩根手指輕輕推開，像在碰什麼髒東西似地。反倒李小倩一點也不怕，不僅碰，還仔仔細細把每件作品都摸了個遍，真不愧是長年在靈異景點打滾的奇女子。

裡邊搜查的時候，老頭乖乖站在外面，大氣不敢喘一口，可見剛才受到的驚嚇不小。孫莫凡邊偷瞄老頭，邊偷偷往牆角走，因為他發現了那裡有扇小門，從裡面還飄出燒香的味道。他沒有大聲嚷嚷，他想證明自己也是有點膽識的，便鼓起勇氣轉動手把。

門開了，是道通往地下的樓梯。

孫莫凡打開手機照明，聽著自己的腳步聲往下走。樓梯不長，沒多久就到底，底下似乎很空曠，不知從哪吹來的風拂過孫莫凡的全身上下，他舉起手機，試圖看清楚這個空間，但他立刻就後悔了。

這是個比一樓更加寬敞的長形房間，擺著許多用白布巾蓋住的長桌子，桌上放的是一尊尊盤腿而坐的、與真人同高的佛像。每尊佛像都被漆上金漆，嘴角上揚，彷彿正淡淡地笑著。

「這是……什麼東西？」

孫莫凡嘴都合不攏了，連雙腿的力氣都好像被抽乾了一樣。

這些佛像的顏色，和李小倩的阿福如出一轍。孫莫凡極力控制自己的大腦，卻還是忍不住往最恐怖的地方想去。接著，他鬼使神差地上前，輕輕敲了敲其中一尊佛像，傳來空洞的回響。

孫莫凡後退兩步，舉起手中的長棍，往佛像的臉部揮去——

框噹！

金色的外殼驟然碎裂，顯露出的竟是一個骷髏，因為失去支撐，掉落在地，骨碌碌地滾到孫莫凡腳邊。

「殺……」孫莫凡感到一陣暈眩，他聽見自己正在大喊：「殺人啦！這裡有死人啊！申哥、李小倩！快點過來！」

06

李小倩看見佛像裡的呈現褐色、也許上頭還沾黏著毛髮與一點點皮膚殘渣的骷髏，當場就昏倒了。孫莫凡萬萬沒想到她會是這個反應，明明滿腦子都是那些怪力亂神，真正看見居然就不行了。他費了好大勁才把人攙扶出地下室，讓她坐在屋子邊的樹下乘涼，其實他自己也很想吐，可還是拼命忍下來了。

與此同時，小申從地下室上來，殺氣騰騰揪住老頭的領子：「你給我解釋清楚，那些佛像是怎麼回事？」

「那、那是我的工、工作……」

「繼續。」

「偶爾會有人……叫我幫忙藏屍體……我想幫祂們成佛，所、所以就做成佛像，每天誦經給祂們聽……」

「誰？」

「道上的人，殺人不想讓別人知道，就會送來我這裡，他們會給我很多錢。」

「所以，你撈到那個骷髏頭之後才沒有報警，而是照慣例加工是嗎？」

「我、我是在做好事，祂們在這裡很安全、有人供養，有什麼不好？有人想要的話，我會再把祂們賣、賣掉。」

「該死。」

小申突然鬆手，老頭跌坐在地。他對樹蔭下的孫莫凡說：「這樣就清楚了吧。」

孫莫凡一臉茫然地點頭。

老頭說的應該不假，可還是沒有解釋，阿福是怎麼從上游完好無缺地漂下來的？小申應該不會沒注意到這點，但他卻沒有追問，莫非是已經心裡有數？他想了想，走向老頭，努力使自己的聲音聽起來冷靜：「那個骷髏頭，真的是從上面漂下來的嗎？」

老頭睨了孫莫凡一眼，露出不屑的表情。

小申踹了他一腳：「問你呢！到底是不是真的？」

「是、是真的！」老頭立刻說。

孫莫凡長吁一口氣，這樣的話，線索豈不是到這裡就斷了嗎？他無言地望著小申，小申抬起下巴示意要走了。他過去把李小倩搖醒，李小倩睜開眼第一反應是作嘔，差點就要吐在他身上。

「妳、妳還好吧？」孫莫凡下意識替她拍背。

「沒事。」李小倩臉色很難看，從自己的背包裡掏出面紙掩著嘴。

「對不起啦，我不是故意叫妳去看那種東西的……」

李小倩搖頭：「是我太沒出息了。」

「這跟出息什麼關係……」

孫莫凡嘟囔著，李小倩一臉落寞地走開。小申已經在車上等著了，孫莫凡總覺得哪裡不對，說那些屍體怎麼辦？就這樣不管了嗎？小申答之後的都是警察的工作，就不關我們的事了，回去打個匿名電話報警先。

「那阿福呢？」李小倩著急地問。

「妳還想自己來？」孫莫凡瞪了她一眼。

「當然啦，怎麼可以就這樣算了！」

「我們現在什麼線索都沒有了，阿福是從河裡漂過來的，都過了這麼多年，怎麼可能找得到把它丟掉的人是誰？想調查也得有個方向吧！」

「那照你這樣說，就算報警也沒用啊！反正警察也不可能找得到！」

「妳夠了吧！剛才吐得唏哩嘩啦的，居然還有精神跟我抬槓！」

「你才夠了。」小申敲了下孫莫凡的腦袋：「現在沒有線索，不代表以後不會有，你們兩個給我回去好好用大腦想一想。」

「……知道了啦。」

孫莫凡撇撇嘴，不甘不願地跨上機車。

「四海一家」的夜晚總是比白天熱鬧，大夥都喝高了，劉白在桌上跳脫衣舞，拿花瓶裡的水淋了滿身。孫莫凡無心看戲，腦袋亂成一團，晃到外頭想吹風，看見李小倩抱著膝蓋蹲在門口。

「幹嘛耍自閉啊？」

「……我在想阿福的事。」

「妳還真有毅力，要是我早就放棄了。」

「阿福是我唯一的朋友，」李小倩望著遠方的燈火：「我想幫助它。」

「妳真的沒有人類的朋友嗎？」

「沒有。」李小倩搖頭：「我喜歡的東西跟別人都不一樣，大家都害怕我，沒有人願意和我說話。」

孫莫凡沉默良久，說：「這裡沒有人會怕妳，反正大家都是怪人。」

「嗯，你們真的很好。」李小倩轉過頭，把頭枕在膝蓋上看著孫莫凡：「小孫，謝謝你帶我來這裡。」

「嗯？」

孫莫凡臉一熱，趕緊轉移話題：「其實，我剛剛想到一件事。」

「有沒有可能，阿福不是從上游漂下來的，而是直接被人丟在下游？」孫莫凡邊說邊組織語言：「因為從上游丟下來一定會壞掉，所以我想，搞不好是有人在知道老頭的工作的前提下，故意把它丟在那裡，讓老頭撿走的。」

「對欸！」李小倩驚喜地回頭：「你好聰明喔！」

沒想到會被稱讚，孫莫凡有些受寵若驚。

「我覺得你說得對，說不定兇手的身分很特殊，所以他不能直接叫老頭幫忙處理屍體……也有可能兇手只是普通人，沒有錢、也不敢跟老頭交涉，只好用這麼拐彎抹角的辦法。」

「雖然是這樣……不過好像對我們找兇手沒什麼幫助喔？」孫莫凡搔搔腦袋。

「不會啊！至少有點方向了。」李小倩胸有成竹地說：「我覺得兇手是窮人的可能性比較大！」

「拜託，窮人哪有錢買槍啊？」

「誰說窮人就不能有槍？把錢花在買槍買毒品，最後身敗名裂的人多的是。」

「退一萬步說，就算真的是這樣，」孫莫凡指著李小倩的鼻子：「窮人路上隨便抓都一大把，妳要怎麼找到丟掉阿福的人？」

「因為他是窮人，所以不可能為了丟屍體跑太遠，也就是說，他很可能根本就住在那條河附近啊！」

「啊。」

孫莫凡感覺腦袋像是被打了一下，有什麼開關被打開了。

「對喔——有可能！搞不好兇手就住在上游！我們都還沒去河的上游看過！」

「對不對？是不是？我說的有沒有道理？」

「有！」

孫莫凡猛點頭，感覺自己的胸口正因興奮悸動著，李小倩也坐不住了，握住他的手：「我們找個時間一起去河的上游吧！」

兩人熱血沸騰地討論著，並沒有注意到廖東海和小申在門內窺視多時。

「你有沒有覺得，他們感情好像變好了？」廖東海問小申。

「小孩子都這樣啦。」

「也對，」廖東海苦笑：「年輕真好。」

深夜，MR.K剛替一個被人打斷手臂的小混混做完緊急處理，久違地打開電視。轉到新聞台，就看見主播一本正經唸著稿子，說昨日有匿名人士舉報一間工作坊祕密從事屍體加工，將死人做成佛像，再以高價賣出，幾十年下來可能獲利上千萬。

新聞畫面帶到工作坊內部，一尊尊金色的佛像端莊地聳立著，誰也料想不到，裡面居然會藏著屍體。MR.K立刻就會意過來，那就是這個被起名叫「阿福」的骷髏的來處。沒想到這麼短短的時間居然就有重大進展，他心中的擔憂卻大於驚喜。

處理屍體的管道被警方查獲了，附近的黑道一定會加強戒備，如果這時接續調查，很可能會因此被盯上。他當即打了電話給孫莫凡，別的先不說，至少要提醒他們，不管接下來打算做什麼，現在都不是時候。

不過……他們真是有趣，連我都有點想知道真相了呢。

MR.K不自覺露出微笑。

包裹六：新娘不哭

01

金浩熙久違地又來到了「四海一家」，他是特別來和孫莫凡口中的「屁股小姐」相見歡的。身為大家的男神（自認），他當然不能放過在新朋友面前顯擺的機會，他穿上格子西裝，騎著純白色的偉士牌前來，一路上還哼著小調。

遠遠地他便看見，有個顯眼的白色身影蹲在店門口，是一名陌生女性——穿著婚紗的女性，裙襬長長地拖到地上，在門口的小燈映照下閃閃發光。

金浩熙把車停下，女子頭埋在膝蓋間，似乎睡著了，並沒有注意到他。他小心翼翼地靠近新娘，發現她的婚紗有些髒了，肩膀、手臂也有不少擦傷。他輕拍新娘的肩膀：「妳還好嗎？」

新娘猛地抬頭，金浩熙這才看清她的正臉，居然滿是淚痕，妝都哭花了。金浩熙是個紳士，紳士當然不能跟著慌，他不緊不慢從胸前口袋掏出一條手帕，替新娘擦去眼角的淚水。照理說，普通人應該會被這突如其來的舉動嚇到的，可新娘沒有，只是靜靜地讓金浩熙替她擦臉。

「妳為什麼哭了？」金浩熙問。

新娘抿著嘴搖頭。

「那我們先進店裡去好不好？」

「可是……」新娘有些疑惑地轉頭看著門上的「休息中」牌子。

「沒關係，可以進去啦，來，握住我的手。」

金浩熙主動牽起新娘的手，推開店門。

「四海一家」名義上的營業時間是晚上七點到凌晨一點，但因為還兼做民宿，就算是打烊時間也能自由出入，這點不是常客是不會知道的。另外，如果是深夜，鐵門就會拉下來，這時要出去就只能從位在廚房的後門了。

金浩熙讓新娘坐在吧台前，自己則去替她買紗布和藥水，新娘獨自在店裡亂晃，很有興趣地看著貼滿牆壁的重機畫報，然後，她發現了包間。

任何第一次來到「四海」的人，肯定都會對這門上貼著數字燈的房間感到好奇，新娘也不例外。她注意到了全部房間只有七號燈是亮著的，躡手躡腳走過去，轉動七號房的門把。

門輕易被打開，裡面沒開燈，卻有燭光搖晃，陰森森的影子裡，隱約看得見一個長髮女人的背影。女人察覺到門被打開，「唰」地回頭，兩人大眼瞪小眼三秒鐘後，同時尖叫出來。

「不好意思嚇到妳了，我下次練習黑魔法的時候會記得鎖門的。」

李小倩恭敬地和新娘賠不是。

「沒關係沒關係，我才不該隨便開門。」

新娘開朗地笑著，金浩熙正在替她包紮手臂上的傷口。金浩熙一邊上碘酒，一邊偷瞄李小倩，原來這就是「屁股小姐」的真面目，跟想像的不同，生得居然一臉正氣。他暗暗嘆了口氣，半路殺出個新娘，預定好的浪漫相會泡湯了。

「新娘小姐，可以告訴我妳的名字嗎？」他問。

「你叫我阿梅就好了。」

「阿梅……」金浩熙一瞬間差點就要說出「好俗」，但他憋住了，也自我介紹：「我叫金浩熙，請多指教。」

「你是韓國人？」李小倩插嘴。

「嗯……可以這麼說吧。」

金浩熙回以兩人一個微笑，他當然不會說這是他給自己取的花名，他本名比「阿梅」還要俗幾萬倍。他還想再吹幾個牛逼，李小倩卻搶在他前面開口：「阿梅小姐，妳為什麼穿著婚紗啊？」來啦！一上來就是最關鍵的問題！金浩熙也好奇到爆，可他不敢隨便問，因為阿梅的眼淚，他察覺這背後一定有什麼難以啟齒的理由。果然，聽見這問題阿梅臉上的笑容就消失了，支吾半天也說不出話。

「妳不用勉強，不想說就算了。」金浩熙趕忙安慰。

「沒關係。」阿梅做了次深呼吸：「我把事情告訴你們，不要嚇到喔。」

兩人趕緊說不會。

阿梅把手掩在嘴邊，壓低聲音道：「我，是從婚禮上逃出來的。」

「真、真的嗎！」李小倩驚叫：「雖然很合理，但是又很不可思議！」

「對吧，我也覺得很扯，應該說，這根本就像是電影劇情。」

「妳為什麼要逃出來啊！」

「那還用說？當然是因為我不想嫁給那個人。」阿梅換上憤怒的表情：「他是個渣！渣！

這個如雷貫耳的字，震撼了兩人。

「有、有多渣？」金浩熙戰戰兢兢地問。

阿梅張開雙臂，畫了個大圈：「渣得毀天滅地。」

「既然這樣，一開始不要交往不就好了？」李小倩舉手。

「哪有那麼簡單？是我媽逼我嫁的，因為他是醫生，賺了超多錢，而且，他媽媽跟我媽媽是幾十年的好姐妹，我根本從在娘胎裡就被決定好要跟他結婚了。」

「那妳之後打算怎麼辦？」

「不知道啊！」阿梅搖頭：「我的手機、錢包、鑰匙全都留在那裡，穿成這樣也不可能在外面到處晃，我想，大概也只能等他們把我抓回去了吧，不可能一直躲下去。」

「可是妳都逃出來了！」金浩熙不死心。

「對啊，很不甘心。」阿梅笑笑地看著金浩熙：「不然，你來幫我好了？」

「幫妳什麼？」

「幫我說服我媽，讓我不用跟那個人渣結婚。」

阿梅站了起來，指著金浩熙道。

02

「現在我要說的事情，請你們絕對不要告訴別人。」

七號包間裡，阿梅坐在床上，對著蹲在地上的兩人說。

金浩熙不知道阿梅想幹什麼，隱約覺得似乎會是一場麻煩，倒是李小倩滿臉興奮，躍躍欲試。他想，我可不能輸啊！身為戀愛的戰士，美女要求幫忙，就得兩肋插刀，這是我的使命。

「這個渣男，也就是我名義上的老公，你們可以叫他李渣渣就好，反正名字不重要。」阿梅輕易帶過了渣男的基本資料，接著說：「他是醫生，我忘了是哪一科的，這個不重要……好像有個小三的樣子，不過，這個也不重要。」

怎麼什麼都不重要？金浩熙在心裡吐槽。

阿梅彷彿看穿了金浩熙的疑惑，壓低聲音說：「重點是，他常會私底下把嗎啡之類的管制藥品偷走，賣給吸毒的流氓。」

金浩熙愣了下，他萬萬沒想到居然是這樣的，還以為只是一個普通的花心渣男，沒想到是這種方面！他耐著激動的心情問：「妳怎麼知道的？」

「不小心聽到的。」阿梅咧嘴一笑：「有一次我們一起在外面過夜的時候，他可能以為我睡著了，就直接在我旁邊講電話，聽就知道不是什麼好事。」

「然後呢？」李小倩把身子往前傾了傾。

「後來，我偷偷檢查他的手機，沒有發現可疑的電話號碼，我就猜他不是把通話記錄都刪除了，就是用另外一支手機跟他們聯繫的。但是我跟他能獨處的時間本來就很少，一直沒有機會去找證據，所以，目前為止都還只是我的猜測而已。」

「那妳怎麼不跟妳媽媽講？」

「我說了又怎樣？她會相信嗎？她看著那傢伙長大，打從心底認為他是個乖乖牌。」

「可是，妳把這些事情告訴我們……」

我們又能幫妳什麼呢？金浩熙很想這麼說，但他的「紳士魂」告訴他不能怯弱，於是，他改為很有自信的語氣：「好吧，不管要做什麼，我一定會幫妳。」

「謝謝，沒想到你年紀輕輕，居然這麼有骨氣。」阿梅焉然一笑。

「對了，阿梅小姐，妳幾歲啊！」

李小倩忽然岔開話題，金浩熙雖然覺得有些突兀，但又忍不住悄悄給她比大拇指。問得好啊！從剛才就很想知道了，這位新娘到底幾歲來著？可是當面問女生的年齡又很不禮貌，如果是同樣身為女性的李小倩問，就不會那麼尷尬了。

「我？」阿梅眨眨眼：「嘿嘿，別看我這樣，我今年已經三十了喔。」

「三、三十……！」

金浩熙嚇得當場叫出來，咦？怎麼可能三十？還以為才二十五、六歲呢！就算有化妝，也未免差太多了吧！

「哈哈哈，我一直都是娃娃臉，看不出來齁？」阿梅似乎很滿意自己的長相。

金浩熙羞紅了臉，抿著嘴低下頭。可惡，剛剛還一本正經地擺出紳士模樣，甚至還替她擦眼淚，沒想到她竟是個大姊等級！在她眼裡，我的那些舉動看起來肯定就和小孩子的兒戲一樣，丟臉死了！

「好啦，不聊別的了，我要給你們安排任務了喔。」

阿梅收斂起笑容，換上認真的表情。

孫莫凡踏著歡快的步伐來到「四海」，他心情好的原因之一是，最近都沒有什麼奇怪的委託，之二是先前收到了來自MR.K的親口提醒——調查必須暫緩，否則可能惹來殺身之禍。這代表李小倩得有好一陣子不會來煩他。

啊，人生真是美好，快樂的日子能不能持續久一點呢——

孫莫凡推開店門，啥都沒看見，就一個穿著婚紗的女人擋在面前。

「哇！」

「你就是孫莫凡對不對？」女人握住孫莫凡的手：「之後就拜託你囉！」

「欸？拜託我什麼？妳誰啊？妳想幹嘛？」

孫莫凡把手抽回來，掃視周遭，發現金浩熙和李小倩站在女人後面，正不懷好意地看著他。

接著，孫莫凡在短短時間內被灌了許多資訊，聽得他眼花撩亂，隱約記得好像有「假扮」、「跟監」、「調查」之類不妙的名詞。等他回過神，自己已經騎著狼狼、載著李小倩，在前往咖啡廳的路上了。

他們的目的，是李渣渣的家。

「雖然我不認為他會把證據放在自己家裡，不過還是要找。現在過去很安全，因為他們肯定還在到處找我，絕不會在這時候跑回家。」

阿梅是這麼說的。從那天偷聽到的對話來看，李渣渣肯定不是第一次與那幫流氓聯絡，牽扯到金錢交易，鐵定也會有記錄，只要找到這份記錄，就能當做證據。畢竟，光憑著聽來的對話就想立案，還是太勉強了。

可是，該怎麼潛入人家家裡？孫莫凡提出了最根本的疑問。

「簡單啊，有備份鑰匙。」阿梅得意地說：「李渣渣都把備份鑰匙放在門口的地毯下面。」

欸——都什麼年代了，還有人把鑰匙藏在這麼老套的地方啊！看來這個什麼李渣渣的也不怎麼靈光嘛！孫莫凡差點就笑出來了。

「很蠢吧，但是，絕對不要因此輕敵。」阿梅比了比腦袋：「每天跟鮮血和骨頭打交道的傢伙的腦迴路，不是我們可以理解的。」

的確如此。孫莫凡想起MR.K，也是怪人一個，光看長相就不是泛泛之輩。

「所以，請你千萬要小心喔。」阿梅關心地握著孫莫凡的手。

「嗯……我會的。」

若是平常，孫莫凡非發飆不可，居然又讓我做這種奇奇怪怪的委託，可是這回，他奇妙地完全沒有不高興。也許是因為李渣渣的行為太令人不齒，又也許是因為眼前這穿著婚紗又滿身傷痕的新娘讓他動了惻隱之心，總之，他和金浩熙一樣，決定幫這個忙了。

「不過，阿金你為什麼還坐在那裡？你在這個計畫中的用途是什麼？」

「嗯？我當然是留下來陪阿梅囉。」金浩熙一本正經地說：「而且，我還得去幫她買衣服呢。」

「衣服？」

「總不能要人家一直穿著婚紗吧？接下來還有很多事要做，但最要緊的，就是先換上乾淨的衣服。」

「唉……好啦，算你有理！」

孫莫凡於是穿上外套，帶著李小倩出發了。其實為什麼要帶李小倩他自己也不知道，就是已經很習慣後座有人的感覺了，那股重量感雖然有些煩躁，但親切得很。奇怪的是，李小倩也很高興地跟上來，一切都是那麼地自然，自然到好像從最開始就應該這樣。

為什麼哩……

孫莫凡還沒想明白，導航就告訴他，李渣渣的家到了。

這是一棟樓下有管理員的十一層樓的大廈，中庭甚至還有個小噴泉，李渣渣住在三樓。孫莫凡和李小倩本色出演，以最自然的快遞員的模樣，抱著一個空紙箱大搖大擺走進去，管理員正在看宮廷劇，完全沒鳥他們。

搭上電梯，兩人鬆了口氣，看著數字燈號慢慢往上跑，電梯門打開，出現的是一扇巨大的鐵門。孫莫凡仰著頭，感到不可思議，光這扇門的價值恐怕就比他半個家還高，肯定是因為偷藥才住得起。

「我要開門囉，不要說話。」

孫莫凡用口形告訴李小倩，慢慢蹲下來，掀起門口的花俏地毯。

他們兩人都沒有注意到，此時電梯已經悄悄溜到一樓，又從一樓緩緩爬升上來了。

03

孫莫凡把鑰匙插進鎖孔裡的時候，突然有人大喊了一聲：「你們是誰啊！」

兩人回過頭，發現一個身穿白色燕尾服、梳著油頭的男人站在電梯裡，用比看到鬼還驚恐的表情看著他們。

時間彷彿定格了。

咦——？這傢伙誰啊？為什麼穿得一副新郎的樣子？欸等等，不會吧，難道他就是李渣渣本渣嗎！阿梅明明說他絕對不會在這時候跑回家的，為什麼他還是來了？該不會這傢伙的腦迴路真的如此清奇，認為逃婚的阿梅會躲在他的房子裡吧！

孫莫凡短短零點三秒內想了一大串，但是他來不及做出任何表示，李渣渣就朝他撲了過來。

「啊！」

孫莫凡一個翻滾跳起來，抓著李小倩往樓下跑。

「小孫！為什麼渣男會在這裡！」

「我哪知道！跑就對了！」

幸好李渣渣住得並不高，三兩下就跑到一樓，大門就在眼前，正想衝出去時，從左右兩邊居然冒出四、五個保安，把出路給堵了個嚴實。兩人煞住腳，在原地不知所措，李渣渣蹬著樓梯下來，舉起手機晃了晃：「幸好我在上樓之前讓管理員看了監視器，早就讓他們待命了。」

李渣渣朝孫莫凡走近：「好啦，把鑰匙還我。」

孫莫凡下意識把鑰匙藏在背後，猛吞口水，怎麼辦？要是這時候還他就沒戲唱了！他用眼神向李小倩求助，可李小倩卻還一臉狀況外，或者說，根本就被嚇到只會傻笑了。

「不要逼我把你送去警察局，現在還我，我就不跟你計較。」

李渣渣站在孫莫凡面前，居高臨下地看著他，孫莫凡也不知哪來的勇氣，竟然朝他大吼：「老子不還！你這個死藥頭！」

此話一出，全場都震驚了，李渣渣額頭冒出青筋，粗暴地抓住孫莫凡：「我操你媽！」

啊——我這罪孽深重的嘴啊，居然不小心講出來了！阿梅小姐，對不起啊啊啊！

孫莫凡閉上眼睛，準備迎來自己的敗北，忽然從極近的地方，一聲巨響憑空炸開。

碰！

不知道是誰大喊：「有人開槍，快趴下！」

霎時在場所有人都紛紛趴下來護住頭，緊接著又響起數聲槍響，煙硝四起。混亂中孫莫凡感覺到有人抓住他的手，拉著他一路往外跑，他被煙霧嗆出了滿臉眼淚，視線朦朧，等他終於停下來才發現，自己已經身在一處防火巷內。

孫莫凡首先看到的是喘著氣的李小倩，然後站在她身邊的，是個身穿飛行外套的中年男人，戴著滑雪用護目鏡。他衝孫莫凡笑笑，把護目鏡摘下來，露出一雙上吊的三白眼、還有削瘦的臉頰。

「我錄的槍聲逼不逼真？為了增加臨場感，我還丟了一顆煙霧彈哩。」男人說。

「你、你是誰啊？」孫莫凡帶哭腔問。

「我是阿梅小姐派來的援軍。」男子從外套口袋裡掏出一張證件：「職業是刑警。」

李小倩立刻湊上去看，誇張地笑出來：「哇，假的欸！」

孫莫凡擦掉眼淚，看清了證件上的名字。

賈行景。

「啊，是假的。」然後脫口而出。

「老子是真的好不好？這名字也不是我願意的啊！」

刑警把證件收起來，掏出一支菸點上：「你剛才表現得不錯，幫我把鑰匙帶出來了。」

孫莫凡這才發現自己一直都緊握著鑰匙不放。

「不過，你居然當場戳破他的身分，這就有點笨了。」

「那個……你到底是誰啊？」

「就說我是刑警啊。」

「我是說，你怎麼會認識阿梅小姐？」

刑警想了想：「差不多兩個月前，阿梅來報案說她懷疑自己的未婚夫是藥頭，所有人都覺得她在胡說八道，只有我肯相信她。」

「為什麼？」

「直覺。」刑警撥了下瀏海：「我覺得她不像來鬧的，就要她如果又發現什麼要跟我聯絡。」

「後來咧？」

「後來……我在調查別的案子的時候，聽一個小混混提過那個傢伙的事，雖然他在道上用的是假名，但是從描述來看應該是他沒錯，所以我就開始跟監他。」

「結果你跟了兩個月還沒抓到他？」李小倩毫不留情地吐槽。

「我有什麼辦法！這個案子上面根本就不理我，我都是私底下利用寶貴的休息時間調查的欸！而且我懷疑他還有同夥，如果現在抓就只能抓到他一個，放長線釣大魚懂不懂？我一直都在孤軍奮戰，已經很了不起了好不好！」

「是喔……」

孫莫凡汗顏，這個刑警怎麼和他想像得不太一樣？

刑警把菸踩熄：「好啦，我們慢慢回去吧。」

「回去？」

「對啊！反正他只是回去看阿梅有沒有在那裡而已，你們對他來說就只是闖空門的過客，他根本不會把你們跟阿梅的失蹤聯想在一起。」

「可是，保安呢？我們的臉剛才已經被看到了，現在回去的話一定又會被抓啊！」
「從後門不就好了？稍微動動你們的小腦袋瓜吧。」
「欸？所以你打算帶著我們一起調查喔？正常來講，警察辦案不是都不讓老百姓插手的嗎？」
孫莫凡突然發現不對勁。
「人多好辦事嘛！現成的幫手哪有不用的道理？走吧！」
雖然感覺很不爽，但兩人還是乖乖跟著刑警走了。孫莫凡刻意走在他後面，確保他不會聽見的距離，拿手肘推了推李小倩：「喂，他是刑警喔。」
「嗯？」李小倩不明所以。
「阿福的事，不就剛好可以拜託他調查嗎？」
「你覺得他會幫我們？」
「欸，他可以為了一個沒有立案的事情跟監李渣渣兩個月，這種熱血的傢伙，根本就是為了阿福量身打造的嘛。」
「……我考慮考慮。」李小倩皺著眉頭說。
還要考慮啊？這女人還真難搞。
李渣渣住的大樓後方有座小花園，周圍都是鐵欄杆，若要翻過去其實也挺容易。刑警當場展現了他的專業身手，麻溜兒地翻到牆內，恰好掉在一團花叢中，發出些微「沙沙」的聲音，沒有鬧出太大動靜。
接著，李小倩也順利翻牆了，她長年活動於廢墟和山林，早已練就了不輸給男人的好身手，這點程度的牆她已經翻過無數次。孫莫凡看得下巴都快掉下來，怎麼連李小倩都這麼厲害？他笨拙地跳上欄杆，手腳並用，像隻抽筋的壁虎，好不容易才翻到對面，跳下來的時候又著陸失敗，跌了個狗吃屎，弄得滿頭都是樹葉。

看來身上的紗布又要變多了。孫莫凡從以前就特別容易受傷，終年身上都貼滿大大小小的紗布和OK繃，也不知道是為什麼。妹妹曾說他是小傷不斷、大傷不犯，不知是安慰還是調侃。

翻牆過後，三人沒有多說話，貓著腰魚貫穿越花圃，來到大樓內部。這棟樓從正門進去就是電梯，從後門的話則有扇小安全門，裡面是樓梯，和剛才孫莫凡跑下來的不是同一道，而是藏在更隱密的位置，平常根本不會走，所以堆滿了住戶的雜物。

「看來就算是有錢人，喜歡在樓梯堆東西的習慣也跟老百姓一樣。」刑警感嘆道。

樓梯很陡，比剛才那裡難走多了，扶手也因年久失修而晃動，稍微恐高的孫莫凡幾乎是貼著牆走的。幸好只有三樓，馬上就到了，孫莫凡拖著癱軟的雙腿，來到李渣渣的家門前，第二次將鑰匙插進鎖孔。

喀嚓！

門鎖發出清脆的聲響被打開了，極度奢華的室內裝潢展現在三人眼前。

毛皮沙發、梵谷名畫的複製品、不明所以的古董花瓶，還有巨大的落地窗，一切都散發著土豪的氣息。

「好的，我們開始找吧，看看他有沒有第二支手機、或是帳本、筆記本都拿出來，記得戴上這個。」

刑警不知從哪掏出幾雙手套，孫莫凡舉起雙手：「我已經戴了。」

「好，很好。」

刑警點頭，隨手打開一間房門走了進去。

04

「喂，大叔，你都已經跟監他兩個月了，居然沒有到過他家來嗎？」

孫莫凡看著刑警在房間裡翻箱倒櫃，忍不住問道。

「沒辦法啊，之前他們家有個外勞，幾乎一天二十四小時都窩在家裡，我根本沒機會進來。」

「那現在外勞咧？」

「最近都沒看到她，應該是辭職了吧！」

刑警邊說邊一個個把書桌的抽屜打開。

這裡看上去像是書房，除了佔滿整面牆的書櫃和一張書桌之外別無他物，不，這樣說有些不對，因為靠窗的地方擺著許多怪異的裝飾品，等身大的中世紀鎧甲之類的。孫莫凡確信李渣渣就是個錢多到沒地方花的傢伙。

「你們還在幹嘛？快點幫我一起找啊！」刑警大吼。

孫莫凡和李小倩慌張地跑向別的房間。

雖然說要找，但也不知從何找起，因為光是要尋找的目標就很含糊。孫莫凡在屋子裡東摸西摸，連衣櫃都打開來看，沒有摸出什麼，倒是看見一整疊的不同顏色的豹紋內褲。光想像李渣渣穿著這些內褲的模樣，他就感到一陣噁心，連忙把衣櫃關上。

「小孫，你看這裡有一台電腦欸。」

李小倩從床底下拖出一個手提包，裡面裝著一台笨重的筆記型電腦。就算是科技白痴，也可以一眼明白那是非常古老的型號，足足有半本字典那麼厚，螢幕是正方形，鍵盤中央還有個用來代替滑鼠的「小紅點」。

這台電腦和整間屋子的格調顯得完全不搭嘎，明明是老古董了，手提包和電腦本身卻都非常乾淨，沒有落下灰塵，似乎還經常使用。但是，沒有一個正常人會把常用的電腦塞進床底下的，孫莫凡認為有好好調查的必要。他使勁把電腦抬上床（怎麼那麼重？），按下電源鍵，WindowsXP的開機畫面與熟悉的登入音樂跑出來，接著就是那張已然成為世界名畫的藍天白雲綠山坡的桌布。

電腦桌面上只有一個捷徑，點兩下之後，跳出電子郵件的畫面。因為是自動登入，收件匣一覽無遺，整排看下來，寄件者居然都是同樣的帳號，標題全是「無主旨」，前綴了好幾個「RE」，代表已經反覆回信多次。

所有的信件都被讀過了，除了最新的一封。

孫莫凡和李小倩對看一眼，點開信件。

標題：RE：RE：RE：RE：（無主旨）

內文：

OK。

「什麼意思啊？只寫了OK兩個字。」孫莫凡納悶著。

「看看前一封信呢？」

李小倩將整個對話串展開，出現上一封信的內容，也相當簡短，只有一句話：

星期五有空嗎？

「所以，李渣渣想和這個人見面之類的囉？」

「但是他是誰啊？幹嘛特別用另外一台電腦和他聯絡？」

「那還用問？絕對跟他在幹的勾當有關！」

孫莫凡說著跑去把刑警叫來，也讓他看了信件。這堆信件的內容基本上都是一樣的，李渣渣詢問有沒有空，對方只回答是或否，幾乎沒有其他對話。明眼人都能看出來，這背後肯定有鬼。

「這個人很可能就是他的同夥！」刑警露出興奮的表情。

孫莫凡問：「可是我們要怎麼知道他是誰？」

「我們不用知道他是誰，只要禮拜五跟著他出門就行了，你們要不要來陪我啊？」

刑警半開玩笑地問，李小倩馬上就大聲說好。

「妳幹嘛啊！」

「因為好像很好玩啊！」

「其實一點都不好玩啦。」刑警翻了個白眼：「我們警察的工作，才沒有電影裡面演得那麼帥，大部分時間都在等，為了抓一個人等他十天半個月都是常有的，根本沒有你們以為的那麼需要花腦筋、還天天開槍射來射去咧。」

「不好玩你還叫我們陪你？」

「我一個人無聊咩！欸你不要覺得沒什麼，跟警察一起辦案吶，這個機會難得喔！不一樣的人生經驗欸！」

刑警笑笑地拍拍孫莫凡的肩膀，不知為何，孫莫凡從他的笑容背後看出了一絲陰森，好像他要是不答應就會死得很慘似地。

「……好吧，我去就是了。」

最後，孫莫凡還是選擇了向惡勢力低頭。

「找到他的同夥了？小孫，你好厲害喔——」

聽見捷報的阿梅喜形於色，丟下吃到一半的甜甜圈，撲向孫莫凡，給他來了個大擁抱。現在的阿梅已經換上金浩熙給她挑的鵝黃色洋裝，連髮型也重新編過，顯得更年輕了。孫莫凡臉一熱，全身僵住動彈不得。

李小倩在旁邊拍桌狂笑：「哇，臉紅了！你也太純情了吧！」

「不准笑！妳這個臭三八！」

「三八？你剛才說的是三八嗎？天啊，好老的詞！」李小倩笑得更大聲了，連阿梅也跟著笑：「現在居然還有人會說三八，你是古人嗎？」

被兩個女人的笑聲包圍的孫莫凡什麼話也說不出口，漲紅著臉跑出店外。

可惡，我為什麼老是有被人玩弄的感覺！多希望能變得像申哥一樣，碰到任何事情都能冷靜應對，最好還會打架，這樣就更帥了。孫莫凡回想起白天被李渣渣抓住的時候，自己居然怕得完全不敢反抗，連逃跑都沒辦法。

真是沒用！孫莫凡第一次如此痛恨自己。

如果我再勇敢一點，而不是只會出一張嘴的話就好了，幸好這次有刑警出手相助，但是，不可能每次都能這麼好運啊！如果哪天又碰到危險，不就只有等死的份了嗎？

走在深夜的大街，孫莫凡抬頭看著一整片霓虹燈海，覺得有什麼小小的東西，正在他的心裡膨脹。

我想成為一個更有用的人。

星期五早晨，絕大多數人都還在睡覺的時間，孫莫凡和李小倩卻已經在刑警的車上啃飯糰了。至於車的位置，當然就是李渣渣住處的樓下，為了不錯過他出門的瞬間，必須早早起來待命，刑警說的「等待」就是這個意思。

這輛車坐起來不算舒服，座椅都破破爛爛了，但是刑警要他們不准嫌。李小倩也沒打算吐槽，就趴在椅背上滔滔不絕和刑警說話，聊的都是他之前破過的案子。如果是平常，孫莫凡大概也會想聽，可他現在完全沒那心情。

好累！

這是孫莫凡唯一的念頭。理由有二，一是現在時間的確太早，二是這幾天他幾乎沒有睡覺。為了能夠「變強」，他毅然向小申請教打架的技術，之後便受到了一連串比魔鬼訓練等級更高的「修羅級」特訓。

啊嘶嘶嘶，稍微動一下筋骨就好酸，要散了要散了！這輩子沒有運動量這麼大過，申哥每天都是這樣的嗎？他怎麼會受得了？他的身體是鐵打的嗎？他還是人嗎？真想把他扒光研究一下他的構造……

孫莫凡冒出無數亂七八糟的想法，就在這時，刑警「啊」了一聲。

大樓門口出現一輛銀白色的奧迪，那是李渣渣的車。

「他出門了！這麼快！」李小倩驚呼。

刑警也發動車子，待李渣渣走遠一些後才跟上去，現在這時間路上車不多，要是靠得太近馬上就會被發現，所以得抓好距離。同時，為了不引人注目，車輛款式也是特意選的，是隨處可見的破舊TOYOTA，正常人絕對不會想到裡面坐著警察。

刑警一邊講述這些眉眉角角，一邊小心地操控車子，喃喃說到：「他往旅館街的方向去了。」

「旅館街？」李小倩拍了下手：「啊！是不是很多情趣旅館的那裡？」

「賓果！」

「欸？難道他不是要去找同夥，只是要和小三幽會嗎？」

孫莫凡終於驚醒，再怎麼說，才剛剛發生新娘逃跑的事件，大夥都一團亂，這時候還有心情見小三？

「嗯？誰說小三跟同夥不能是同一個人呢？」

後照鏡中映出了刑警的笑容。

05

意外地，李渣渣來到旅館街後並沒有進入旅館，而是將車停在路邊，先去了便利商店。刑警嘟囔了句「這地方從沒見他來過」，然後拿出筆記本將地址寫下來，說這大概是他的第四個情人了。

「第四個？」

孫莫凡吃了一驚，這事兒阿梅可能根本不知道吧，李渣渣還真的是渣得徹徹底底。

刑警寫完筆記，從背包裡拿出一片小拇指甲大的黑色方形物體：「我去去就回。」然後跳下車，跟著進了便利商店。

李渣渣站在飲料櫃前猶豫不決，刑警繞到他後面，背對著他裝作在看下層貨架的商品，趁其不注意時，將那片黑色物體貼在他的衣角。刑警動作很快，李渣渣完全沒有察覺，選好飲料去結帳了。

刑警迅速出了便利商店，回到車上，孫莫凡問：「你剛才去幹嘛？」

「我在他身上裝了竊聽器。」

刑警說著拿出筆記型電腦，操作幾個程序後，傳來「沙沙」的聲音，這是李渣渣走路時衣服摩擦所發出的聲響。孫莫凡抬頭，恰好看見李渣渣走進一間夾在兩棟旅館中間的普通民宅內。

這裡雖然叫做旅館街，但還是有住戶的，只不過以娼妓居多。她們日夜守候在這裡，每天都去旅館裡敲門，問客人需不需要「特別服務」。

難道李渣渣的第四個情人是名妓女？孫莫凡耐著性子繼續聽，接著是腳步聲，應該是在爬樓梯，然後是電鈴，停頓兩秒，有人來開門了，不出所料是個女的，她只說了「好想你喔」，然後便是關門的聲音。

原本還以為會聽見什麼勁爆對話，誰知後來長達十分鐘，這倆人都只是在閒聊，而且，還是在床上聊。李渣渣一直都在說些沒營養的情話，女人還時不時發出曖昧的呻吟，孫莫凡和李小倩聽得臉紅心跳，刑警卻一臉淡定。

孫莫凡狐疑地問：「喂，你會不會搞錯了，這女的不是同夥，只是個單純的小三而已啊？」

「我也這樣覺得……」李小倩罕見地幫腔了。

「你們不懂啦，重要的事情總是擺在最後說的嘛！要是覺得聽了傷耳朵，我就戴耳機好了。」

刑警說得不無道理，孫莫凡便安份下來了。但是，之後兩人的對話越來越少，呻吟越來越多，可見床上運動已經進入白熱化狀態，又過了一段時間，李渣渣看似是完事了，問女人「等會要不要一起吃飯」。

「喂！結果還是沒聊到毒品的事情啊！」孫莫凡差點就把電腦砸了。

刑警比了「噓」的手勢，電腦裡傳來女人的回應：「我今天沒什麼胃口。」

「那我留在這裡陪妳？」

「你不是還有工作嗎？」

「我可以請假。」

「醫生怎麼可以隨便請假。」

「呵呵……」

李渣渣笑了，然後又是衣物摩擦的聲音，應該是他把女人抱住了。

「……佳瑜，嫁給我好不好？」

「少來，你明明已經結婚了。」

「那傢伙在婚禮上跑了，她不喜歡我，可是妳不一樣，我對妳是真心的。嫁給我，我會讓妳過上最幸福的人生，就不用在這種地方躲躲藏藏了。」

「你這騙子。」

「我誰都會騙，唯獨不騙妳。」

然後又是一連串莫名其妙的衣物摩擦聲，孫莫凡想像著他們在床上纏綿的模樣，覺得噁心起來。李渣渣肯定和每個情人都說了一樣的話，他祈禱這女人聰明一點，可千萬別上了他的當啊！

「好了，我要走了，還有工作呢。」

看似磨蹭夠了，李渣渣說。女人並沒有多做挽留，就讓他離開了，不久李渣渣從車子的擋風玻璃前橫過，看都沒看車裡的他們一眼，也不知道是不是真的要去工作。

「結果，他們還是沒有聊到我們想聽的事情。」李小倩很是失望。

「沒關係，沒人規定他們一定要聊我們想聽的事。監聽要聽出有用的情報，可不是一次就能成功的。」刑警笑了笑：「不想等待的話，要不要直接殺進去啊？」

「你的意思是，李渣渣可能在她家裡藏了什麼東西？」孫莫凡說。

「沒錯。」刑警闔上電腦：「我們走吧。」

孫莫凡沒想到，刑警居然真的採取了強硬態度，進了女人的屋裡。

女人名叫周佳瑜，二十五歲，已經在這一帶賣身五、六年有了，算是很資深的。但是她的打扮依然清純，沒化妝也沒染髮，穿著灰色的連帽外套，模樣看上去像個高中生。

只要是妓女，多半都會與警察有所接觸，必要時甚至會成為線人，周佳瑜也不例外。她似乎很習慣了警察的突襲檢查，所以見到刑警，便大方地讓他進去，連孫莫凡和李小倩也被招待了。

屋裡亂七八糟，堆滿了沒洗的衣服，周佳瑜把沙發上的衣服挪到另一張椅子，替客人們倒了飲料。孫莫凡不敢喝，正襟危坐，倒是刑警已經不客氣地喝起來了，也沒急著說明來意。

「先說，我這邊沒有藏人，也沒有藏毒品和違禁品喔，你就儘管找吧。」

周佳瑜雙手叉腰，表情帶著一點得意。刑警邊喝飲料邊點頭，戴上手套，開始在屋裡搜查起來，孫莫凡和李小倩沒事做，尷尬地待在一旁，周佳瑜不時打量他們，應該有很多話想問，可她什麼也沒說。

可惡為什麼不說話啊，妳不要看我我會很緊張啦……可惡我們是不是也應該幫忙一下啊？但是我又不是警察，也沒有搜索票，話說那個刑警好像也沒有拿出證明吧？就這樣隨便跑進人家家裡摸東摸西真的好嗎……

「喂！」

從陽台傳來刑警中氣十足的吼聲：「妳過來，這是什麼？」

三人於是全都往陽台擠，刑警指著的東西，是放在洗衣機後面的一個黑色垃圾袋，已經被他打開了，裡面裝著的，是一件沾滿血跡的衣服，還有一把幾乎被血液覆蓋的西瓜刀。這些血呈現深褐色，代表已經放在這兒一段時間了。

周佳瑜臉色慘白，顫抖著搖頭：「我不知道。」

「放在妳家裡的東西，怎麼會不知道？」

「就說不知道了嘛！這不是我的東西啦！」

「是喔，那我揍妳一拳的話妳會想起來嗎？」
「你這人怎麼這樣啊！真的是警察嗎？」
周佳瑜一下就問出了孫莫凡心中的疑惑，氣氛頓時變得很尷尬。刑警卻沒有被波及到，面無表情掏出證件亮在眾人面前，又面無表情把證件收回去，然後面無表情地向周佳瑜伸出一隻手指：
「妳戳到了我的心靈創傷，我要以妨礙公務的罪名逮捕妳。」
「身為一個警察，你的心靈也太脆弱了吧！都活到這把年紀了，還這麼沒出息嗎！」
周佳瑜不甘示弱地吐槽，話題逐漸往奇怪的方向歪掉，偏偏這時李小倩又加入戰局：「不可以罵人家沒出息，草莓族也是有他的優點的！」
「……閉嘴啦！」
孫莫凡崩潰大喊。

06

「我真的不知道這怎麼會在這裡。」
周佳瑜兩手抱胸，似乎很不高興。從她泰然自若的態度來看，應該不是說謊。刑警想著，如果是這樣，那這染血的刀子和衣物為什麼會出現在這裡呢？他用帶著手套的手捏起衣物一角，那是件有著品牌LOGO的T恤。
「那這件衣服呢？不是妳的嗎？」
「嗯……」周佳瑜看了會，露出訝異的表情：「天啊，好像真的是我的！」

「那妳還說不知道！喂，妳該不會是在某天晚上喝醉跑到外面去殺人，再若無其事地把衣服和凶器藏在這裡吧！」

「哪有可能啊，白痴！」

「居然罵警察白痴！不知好歹的傢伙！」

刑警和周佳瑜開始了小學生等級的鬥嘴。孫莫凡扶著額頭，這兩個人是怎樣？原本的目的都忘光光了，看樣子我是這個空間裡最清醒的人啊！

他深吸一口氣，大喝：「喂！妳就沒有想過，可能是某個人嫁禍給妳的嗎？」

瞬間，爭執中的兩人都安靜下來，盯著孫莫凡看。

「這正是我想說的。」刑警露出贊許的表情，不等孫莫凡吐槽，目光一轉，犀利地質問周佳瑜：「妳認為呢？」

「誰、誰會那麼無聊呀，幹嘛要嫁禍給我？」

「那可不一定，無聊的人到處都是，妳認識的人中，有沒有可疑的人？」

「你突然要我想，我也想不出來啊！應該說，會來找我的人只有色老頭，他們每個都很可疑。」

「好吧，沒關係。」刑警聳肩，彎腰把垃圾袋拾起：「那這個我就帶走囉。」

「隨你便。」

「還有一件事……妳有情人嗎？」

「蛤？」周佳瑜露出「關你屁事」的表情。

「我勸妳最好小心他，那傢伙很危險，為了自己什麼都做得出來。」

刑警留下這句意味深長的話，帶著孫莫凡和李小倩離開了。到了外頭，刑警沒再交付新的任務給孫莫凡，草草把他們打發走，到這裡，事情看似要進入「老百姓不能插手」的領域了。對此，孫莫凡的感想很簡單，那就是，終於又可以過和平的日子了。

正如快樂的時光總是過得特別快，和平的人生也不會持續太長，一個星期後的深夜，一股不尋常的肅殺之氣席捲了打烊後的「四海一家」。

那群人衝進來時，阿梅正在幫忙洗碗。照理說住客是不需要幫忙的，可阿梅說她身上沒錢，不能白吃白住，就很主動地幫忙。總之，她正洗著碗呢，突然四、五個穿著黑衣、戴口罩的年輕人衝進店裡，二話不說拿鋁棒砸了一張桌子，附加一句驚天動地的「阿梅人在哪！」

若是平常，驍勇的店員們早就把這群人撂倒了，就算店員不在客人也會幫忙，可好死不死現在是打烊時間，店員跟客人都不在，店裡就只剩下手無縛雞之力的老闆廖東海。見到情況不妙，廖東海趕緊打電話給小申，他沒接，只好留言。

「請問……有什麼事嗎？」

打完電話，廖東海強裝鎮定走到那群人面前，用一貫的良好風度問。但是，對方沒有說話，他們顯然不想好好坐下來談，其中一個人走上前，揪住廖東海的頭髮：「阿梅人呢？」

「我、我不知道你在說誰。」廖東海知道，這肯定是李渣渣派人來找阿梅了。

「幹恁娘！是不是損你頭殼幾下就想起來啦？」

那人拽著廖東海將他按在桌上，抬起腳踩上他的背脊，還用力左右扭轉。廖東海咬著牙，都快哭出來了，他在心裡吶喊，小申，你在哪？快點聽留言啊！

「喂！你是要不要說？我問你阿梅在哪？還是你希望我們自己來搜？」

黑衣男用嘲弄的口吻問道，說罷看著身後幾個同夥，每個人手中都拿著鈍器。廖東海明白，如果他不說點什麼，店就會被他們砸得體無完膚，他偷瞄廚房的方向，不知道阿梅逃走了沒，那裡有後門，出去就是防火巷，可是，說不定外面還有埋伏……

「各位大哥，我不認識那個叫阿梅的人……你們如果要搜，還請手下留情，不要破壞店裡的東西……」

「算你識相。」

黑衣男冷笑一聲，放開廖東海，招呼人馬，搜索店裡每一個可能藏人的角落。廖東海什麼也做不了，他所能起到最大的作用，也只有拼命打電話。他的心糾結在一起，除了擔心阿梅的安危，也深怕投資大把鈔票好不容易開張的店又要被砸。

「大哥，這扇門鎖著！」

忽然有人大喊，黑衣人們全都聚集過來，他們目光朝向的地方，是門上貼著數字七的包間。

李小倩！

廖東海差點昏倒在地，光想著阿梅，居然忘了李小倩也睡在這裡！

「各位！那裡面是我們的客人，跟你們想找的人無關，請不要動——」

廖東海「粗」字都沒說完，黑衣人就撞開了門，幾乎在同時，一具埃及法老王的棺材從門裡衝了出來，不偏不倚砸在撞門那人身上，他整個人被棺材壓著倒地，四肢在外面抽搐。

咦?什麼情況?

「啊!對、對不起!我正好想把棺材推出去，你沒事吧?」

接著從門裡探出頭的是李小倩，她慌張地把棺材搬起來，但似乎是因為太重，才搬離兩公分就鬆手，棺材第二次砸在那人身上。

「嗚喔……」

從棺材底下傳來瀕死的呻吟。

「喂！妳這女人到底在搞什麼鬼啊！」

黑衣人同夥破口大罵，好不容易紓緩的氣氛瞬間又緊繃起來，接著他們撲向李小倩，七手八腳架住她，得意地看著廖東海：「這女人我們就帶走啦，到時你拿阿梅來跟她交換，怎麼樣？」

「就說我不知道阿梅是誰了——」

「欸？你們想對阿梅幹嘛！」李小倩掙扎著大喊。

「看吧！你看她都說了，你果然認識阿梅咩！」

這位李小姐啊啊啊！妳這到底該說直率好呢？還是白目好呢？廖東海欲哭無淚。眼看黑衣人們就要把李小倩帶走了，突然門外一陣引擎聲由遠而近直奔而來，澄亮的車頭燈映照下，有個女人逆著光緩緩走來。

「放開她。」

女人現身時，所有人都倒抽了一口氣。

是阿梅。

衣服破破爛爛還沾滿血跡、鬆開的頭髮飄散，臉上卻還掛著微笑的阿梅。

「我跟你們走就是了，不要殃及無辜。」

阿梅鎮定地說，此時機車上的人走下來，是小申和孫莫凡，雖然後者看起來很慫，但他好歹也拿著狼牙棒，擺出要把人生吞活剝的表情，頗有那般架勢。

「放開她！」

阿梅大吼，黑衣人有些退縮，默默放了李小倩。阿梅大步朝他們走去，拿出手機：「在後門埋伏的那個人已經被我制伏了，你們要是再胡鬧，我就馬上報警。」

「妳怎麼做到的！」廖東海脫口而出。

「我學過跆拳道喔。」阿梅擺出備戰姿勢。

「阿梅啊……」黑衣人的態度變了，好聲好氣地說：「不要生氣嘛，李先生是心疼妳啊，他已經說了，以後會好好照顧妳，也答應會重辦婚禮……」

說到一半，黑衣人的手機忽然響了，他一看來電顯示，露出驚慌的神色，立馬接起來：「李先生！」

然而，電話那頭的人，卻不是他熟悉的老闆。

『小子，你們李先生已經被我逮捕了。』

「逮捕？你在說什麼啊！」

『就在剛才，我以殺人的罪名，替李先生上了手銬。』

從周佳瑜家裡帶出來的刀子和衣服上的血跡，經過鑑定後，居然和一具兩週前在外縣市的山裡發現的無名屍對上了號。看見屍體的當下，刑警就認出來了，這個人是李渣渣家裡的外勞。她是被亂刀砍死的，身上的傷口和刀子比對，也完全吻合。

外勞祖籍菲律賓，是非法移民，被殺時身上沒有攜帶任何證件，所以才成為無名屍。若不是刑警認識她，可能她的身分就是個永遠的問號了。

但是，她為什麼會被殺？藏在她襪子裡的一把鑰匙，給出了答案。

那是某間賣場置物櫃的鑰匙，鎖在櫃子裡的東西，是一袋袋洋裝成即溶咖啡的毒品。當然，警察循線找到置物櫃的時候毒品已經不見了，這些都是後來調查的結果。總之，那些毒品的來源，就是李渣渣。

李渣渣將毒品放進車站置物櫃，鑰匙交給販子，販子會帶著鑰匙站在離置物櫃較遠的街邊等待買家。核對暗號後，才會將要匙交出去，買家付錢拿了鑰匙後打開置物櫃，將毒品拿走，整個流程，藥頭、販子和買家三人絕不會同時見面。

外勞身上之所以會有置物櫃的鑰匙，是因為李渣渣讓他把鑰匙轉交給販子。平時李渣渣會親自出馬，沒空的時候才會讓外勞代替，外勞只知道要幫忙送東西，不曉得毒品的事，無意中暴露了行蹤，讓販子和放風的被警察捉到了。

李渣渣為了封口，一方面也是洩憤，持西瓜刀將外勞砍死。

外勞死後，李渣渣將這些東西丟到了周佳瑜家裡。他會特別小心和周佳瑜聯絡，只有一個目的，就是為了混淆警方視聽，必要時讓她當替死鬼。

因為外勞在臨死前將鑰匙藏近襪子裡，李渣渣的指紋被保存了下來，才得以破案。

明白來龍去脈的黑衣人們被刑警call來的警察帶走、李渣渣被捕，雖然不是因為販毒，但確實也讓他名聲掃地，事到如今，阿梅的母親也就不得不放棄這樁婚事。阿梅向「四海」的人們道謝，依依不捨地離開。

直到一切都平息下來後，眾人才發現那個黑衣人居然還被壓在棺材底下，已經昏厥多時。大夥手忙腳亂把他救活，他第一時間居然開始哭訴，說李渣渣對他是怎樣怎樣壞，他們只好拼命安慰，那又是另外一個故事了。

包裹七：我們回家吧

01

「哥——」

「嗯……」

「哥——」

「嗯嗯……」

「起來了啦！」

某樣東西猛力擊中孫莫凡的肚子，痛得他整個人像蝦子一樣蜷起來，同時睜開眼睛，發現一隻白皙的腿踩在自己的肚子上，視線順著往上，看見的是妹妹憤怒的臉。

「你怎麼這麼會睡啊？女朋友來找你了喔！」

「女……」孫莫凡花了幾秒鐘才明白這個陌生的名詞代表的意義：「蛤？」

「『蛤』什麼？」

「我根本就沒有女朋友好不好。」

孫莫凡抓起棉被一個翻身，再度陷入睡眠。孫小妹眉頭抽了抽，彎腰附在孫莫凡耳邊說：「她說她叫李小倩，現在就在門口等你喔。」

「噫！」

孫莫凡的睡意頓時一掃而空。

李小倩是從小申那兒得知孫莫凡的地址的。她當然沒有自稱是人家的「女朋友」，純粹只是孫小妹順理成章的誤會，孫莫凡想，自己的妹妹也真是太沒眼力見了！但還是換好衣服隨李小倩出了門。

特此前來morning call，只有一個理由，那就是「危險期」已經過了。

「為了避免被找碴，不要立刻到上游去」，MR.K是這麼警告他們的，如今也過了半個月，小申判斷現在應該沒有那麼風聲鶴唳。李小倩一聽，立刻就來找孫莫凡了，當然是瞞著所有人的，她有個毛病，什麼事都喜歡偷偷摸摸地來。

「幹嘛拖著我？妳可以自己去啊！」孫莫凡揉揉眼睛，打了個大呵欠。

「因為你有車啊！」

李小倩自動自發跳上狼狼的後座，孫莫凡咬著牙，滿臉不甘願地載她啟程。他沒設導航，李小倩七手八腳給他指路，但老是慢半拍。

「啊！剛才那裡應該要右轉！」

「妳怎麼不早講！」

好好一段路硬是騎了兩倍的時間才到。

上游市區比他們想像的還要繁榮，還是夜生活發達的地段，隨處可見酒店、公關俱樂部甚至女僕咖啡廳或動畫主題餐廳等瞄準御宅族的店家。雖然現在是白天，有很多店沒開，但也有些通宵營業的店到現在都沒打烊。孫莫凡和李小倩是這些玩意兒的絕緣體，他們瞬間把調查的事兒拋到一邊，化身劉姥姥，逛起了大觀園。

孫莫凡是如何想起此行的目的的呢？大約是他看見一間公關俱樂部的招牌的時候。

「喂，妳覺得那裡怎麼樣？」

孫莫凡把專注看著動畫周邊的李小倩抓過來：「俱樂部是情報的集散地，電影都是這樣演的。」

「喔——不錯嘛，小孫！你越來越會活用知識了！」

「哈哈，我腦袋可是很靈光的。」

孫莫凡似乎忘了電影裡得來的「知識」多半都是誇大過後的成果，欣然接受讚美。兩人來到俱樂部樓下，這並不是多高檔的店，光是門面就小得多，也沒有金碧輝煌的裝飾，甚至還有些破舊。但是，越是這樣的場所，越有可能問出不為人知的情報，這也是電影電視的常用手段。

最棒的是，這兒居然白天還有營業。

就決定是這間吧！孫莫凡剛要踏進俱樂部，就被李小倩給揪了回來：「等一下！」

「哇！幹嘛啦！」

「俱樂部都是很貴的，把我們兩個身上所有的錢加起來也不夠啊！」

「……對喔！」孫莫凡拍了下自己的腦門。

「嗯——沒關係，反正這種店應該都是結束之後才結帳，我們問到情報之後，就偷偷溜走，誰也不會發現的。」

「真的假的？最好可以這麼順利……」

「不試試看怎麼知道？而且萬一真的不行，」李小倩舉起手機：「我們還可以搬救兵啊！」

孫莫凡來不及問「妳打算叫誰來付這筆錢」，就被李小倩拖進去了。俱樂部位在七樓，而且還沒有電梯，他們千辛萬苦好容易爬到七樓的時候，孫莫凡才注意到第二個問題。

「公關俱樂部……裡面應該都是女生吧？」

「對啊！」

「咦？會嗎？」

「那，妳進去不會很奇怪嗎？」

「很奇怪，絕對很奇怪！」孫莫凡指著李小倩的鼻子：「妳怎麼看都是女的吧？怎麼會有女人想要來找女公關喝酒聊天哩！」

「只要說我是同志不就好了！」

「……不對啦——同志的話，那邊有同志酒吧啦！這裡的客群絕對不是那樣的好不好！」

「呵呵，」李小倩冷笑幾聲：「我本來不想用這一招的……」

「妳還有什麼招？」

孫莫凡一頭霧水，只見李小倩蹲下來，打開自己背後鼓囊囊的背包，從裡面拿出一頂金色的假髮。

「啊！這、這是那個時候的！」

孫莫凡立刻就想起來了，這是李小倩代替佟道寰上節目的那天戴的假髮！他不可思議地看著李小倩從背包裡陸續掏出上衣、褲子、鞋子一整套的衣物，「李大千變身套組」就這麼展現在他眼前。

「妳怎麼會隨身帶著這些啊！」

「我有預感會用到啊！」李小倩鼻孔朝天，得意地笑著：「偵探不都會隨身攜帶變身道具嗎？」

「可是，那套衣服妳沒有還給節目組嗎？」

「他們說以後有可能還會找我上節目，而且那套衣服的尺寸也沒人穿得下，就先寄放在我這邊啦。」

「……」

這是什麼雖然很扯但是又很合情合理的發展？節目組要是知道這套衣服居然在這種時候派上用場，不知道會露出什麼樣的表情。孫莫凡決定先不吐槽，轉而提出另一個重點：「妳要在哪換衣服？」

「當然是——」

「等一下！妳不要告訴我電話亭喔！」

「公共廁所啦！我又不是變態！電話亭是透明的這點常識我還是有的啦！」

李小倩漲紅了臉，指著走廊最底的廁所標誌，抱著衣服跑進去了。再從廁所出來的時候，她已經化身為堂堂迷樣男子「李大千」，連神情都不一樣了。孫莫凡都看傻了眼，明明是同樣一張臉，怎麼穿女裝的時候看起來普通，穿上男裝就變得那麼光鮮亮麗？唉，一定是衣服的關係，人要衣裳馬要鞍，一套好的衣服能有效提昇人的逼格，這絕不是假話。

於是，「李大千」和孫莫凡抬頭挺胸地推開了公關俱樂部的大門。

昏暗的燈光、日式風格的破壁紙，背景音樂是早已乏人問津的演歌，客人寥寥無幾，一點也沒有印象中俱樂部該有的熱鬧。

「歡迎光臨——」

從店內深處，一個濃妝化得跟麵包超人一樣、穿著亮粉紅色緞面旗袍的「小姐」扭捏地跑過來迎接。雖說是小姐，但從她比城牆還厚的裝容來看，卸妝後肯定是「阿姨」等級，不，也許更慘，已經來到「阿嬤」的階段了吧。

「兩位先生是生面孔呢，第一次來嗎？」

濃妝阿嬤沒有看破李小倩的偽裝，用甜膩到噁心的口吻問道。孫莫凡被嚇得夠嗆，什麼也答不上來，糊里糊塗被帶到一處角落的位置坐下，一份菜單交到他手中，定睛一看，上面寫的不是酒水，而是小姐們的名字和照片。

「您想指名哪一位呢，我們這邊的妹妹都很優秀，一定能給您帶來快樂的時光。」

濃妝阿嬤笑瞇瞇地看著孫莫凡，孫莫凡趕緊把眼睛別開，專心看菜單。照片中的每位小姐大同小異，都是看過就忘的臉孔，花名也都取得很隨便，什麼「小雪」、「HANA」之類的，一點也不吸引人。

最後，李小倩指著菜單上一名年紀看起來比濃妝阿嬤還大的公關說：「就她吧！」

咦——？沒想到妳的口味居然這麼重的嗎！孫莫凡眼睛瞪得都快突出來了，這、這女人到底在想什麼啊！還有，這間俱樂部的客人該不會都是歐吉桑吧，我運氣也太背了，可惡！

02

「妳在搞什麼，幹嘛把歐巴桑叫來啊！」

「因為，年紀越大就表示待得越久，知道的情報也越多啊！」

李小倩理直氣壯地回答，這話很有道理，孫莫凡也噤聲了。他撐著下巴，抖著腿，不安地等待歐巴桑公關的到來，然後感覺到地面開始震動，伴隨著沉重的撞擊聲，一雙神木般粗的小腿出現在視線角落，那是一雙穿著快要被撐爆的網襪、膚色陰沉的腿。

「唉呀，沒想到竟然是這麼可愛的小伙子。」

神木腿在沙發上坐下，孫莫凡努力不去看她的臉，但還是無可避免地瞄到了。她的身材和腿一樣，呈現臃腫的圓柱形，有著一張大餅臉，妝容異常花俏，紫色眼影、綠色腮紅、粉色嘴唇的搭配，驚天地泣鬼神。

「妳好……」

連李小倩都被震懾到了，怯生生地打招呼。神木腿往兩人中間一坐，摟著孫莫凡的胳膊，話匣子一開，沒完沒了地說話。孫莫凡一個字也沒聽進去，滿腦子都想著什麼時候才能離開這裡。倒是李小倩，很快地回過神，開始和神木腿聊起來了，用不著三個女人，倆女人就是一台戲，聊得如火如荼。

「話說，這附近有沒有發生過什麼特別的事情啊？」

忽然，李小倩的一句話吸引了孫莫凡，只聽神木腿答道：「怎樣的事情才算特別呢？對我來說，特別的事這裡天天都在發生，像是能遇到你這麼可愛的小帥哥，就是今天最特別的事了，喔呵呵。」

不愧是資深公關，如果不是外表太驚悚，她應該會很受歡迎。

李小倩打了個冷顫，接著問：「比方說……殺人事件之類的。」

喂！怎麼可以直接說出來啊！孫莫凡朝李小倩擠眉弄眼，但她壓根沒理他。

「喔——你想知道的是那種方面啊！那你就問對人了！」神木腿露出猥瑣的笑容：「雖然這裡沒有發生明目張膽的殺人事件，但確實死過不少人喔！」

「真的？」
「這裡幾年前還沒有這麼多俱樂部，我們這間算是老牌了！後來開的這些俱樂部，基本上都歸『奇萊』管。」
「『奇萊』是什麼？」
「黑幫的名字啦！那段時間他們到處收購住家、店面，打算把這裡改造成賓館一條街。說是收購，其實根本就是強迫，你如果不搬，他們就找遊民來騷擾，讓一堆遊民天天蹲在你家門口，還在門上塗大便……最後大家都受不了，乖乖搬走了。」
「聽起來也沒有很可怕嘛！」孫莫凡咕噥著。
「如果只是這樣，當然沒有很可怕，問題是，老百姓中也有很倔強的人喔！」神木腿笑了笑，臉上的妝裂出皺紋：「你覺得他們真的會那麼簡單就把自己經營了幾十年、養活一家大小的店面拱手讓人嗎？」
「唔……」
「他們反抗越激烈，黑道的手段也就越過分，店老闆三不五時就會被叫出去『呷粗飽』。黑道很懂得怎樣折磨人，他們不會一口氣讓你死，會避開你的要害，專打弱點，在你剩最後一口氣的時候放你走，下回再繼續，你想，哪個正常人受得了這種折磨？」
「妳的意思是，真的有人因為這樣死了？」
「檯面上是沒有，但是我想一定很多。黑道不會故意弄死人，除非他們想不開想把事情鬧大，可是，總會有『不小心』的時候嘛！如果真的發生這種事，他們就會把那個人弄成失蹤或自殺，反正絕對不會留下證據，你拿他一點辦法也沒有。」

「妳怎麼知道的？」

「我的情人就是在那段時間『失蹤』的。」神木腿表情變得有些感傷：「前一天還好好的，我還跟他一起喝過酒，第二天就忽然找不到人。他們家就是『奇萊』眼中的釘子戶，現在已經變成酒店了。過去這麼多年，我想他絕對不可能還活著，問題是連屍體都找不到……這就是得罪他們的下場，連想給他辦喪事，都沒有辦法……」

說到傷心處，神木腿居然掉下了眼淚，李小倩沒料到她竟然會哭，頓時慌了手腳。孫莫凡到底比較細心，從桌上放的面紙盒抽了兩張面紙遞給她。神木腿邊擤鼻涕，邊把孫莫凡摟得更緊了。

離開俱樂部後，李小倩立刻聯繫了刑警。孫莫凡很訝異她居然真的把刑警找來了，那時問她的時候還一副猶豫的樣子，果然沒有幫手還是不行。他們和刑警約在咖啡廳碰面，刑警穿了一件卡其色外套，還戴著褐色的墨鏡，樣子頗像壞蛋，他打著呵欠，心不在焉地聽著，李小倩比手畫腳把得來的情報一股腦兒倒給他。

「嗯，喔……是喔，嗯。」

刑警重複著呆板的回答，也不知道有沒有聽進去，李小倩終於說完後，他站起身來：「那我們就從遊民開始吧！」

「遊民？」

「不是說當初是遊民去騷擾那些釘子戶的嗎？那就把他們找來，問出是誰指使的，否則『奇萊』人那麼多，我們要怎麼一個一個問？」

「可是，遊民也很多啊！」孫莫凡提出抗議。

「不，經常在這附近遊盪的就那麼幾個，快的話一小時，慢的話一個月，反正總會被我們問到的。」

「這時間跨度也太大了吧……」

「當警察就是這樣的，基本上不是在等就是在做些看起來像浪費時間的事。」刑警將外套的領子立起來：「走吧！」

孫莫凡做夢也沒想到自己竟會有需要和遊民說話的一天。他和李小倩分頭，只剩自己反而就不知道該怎麼開口了，他已經盯著一個坐在便利商店門口吃飯糰的遊民十分鐘了，愣是不敢走過去。

快過去啊，那只是個流浪漢，又不是什麼毒蛇猛獸，到底在幹嘛啊……孫莫凡咬著牙，踏著僵硬的步伐走到遊民面前，打了個招呼：「呃，嗨。」

老邁的遊民抬眼睨他，隨後又繼續吃他的飯糰。

孫莫凡彎下腰：「那個，我想問你一件事……」

「啥事？」

「那個……你，您在這裡多久了？」

「十幾年了。」

「那，你有沒有去騷擾過這附近的住戶？」

「啊？」遊民歪著嘴，不可置信的模樣：「我雖然老了，但還沒有瘋！我才不幹那種事！你快走開吧！」

「對、對不起！」

孫莫凡逃也似地跑開。

啊啊啊可惡，超丟臉的！我居然被流浪漢趕走了！他是在兇屁啦，沒有就沒有啊！

孫莫凡喪氣地走在街上，忍不住又開始埋怨李小倩，都是她害的，幹嘛把我也扯進來！忽然手機響了，一聽居然是李小倩，她的聲音顯得非常興奮：「小孫！我們找到了！運氣很好吧！」

欸——？這也太快了吧！孫莫凡差點想問他們是不是串通好的，但還是鬆了一口氣，太好了，這樣我就不用繼續跟遊民講話了！他小跑步來到李小倩說的地點，那是一座天橋下面，遊民的家當堆在那裡，他人就睡在中間。

「就是他啊？」

「對啊，他說那個時候有去幫黑道的忙。」李小倩得意地說。

「那他現在在幹嘛？」

孫莫凡指著窩在棉被堆裡背對他們的遊民。

「他說要我們陪他喝酒，不然就不告訴我們指使他的人是誰。」

「欸——？所以，妳把我叫來是為了……」

「陪他喝酒啊！我不會喝，刑警先生要開車不能喝，那不就是你了嗎！」

「……」

串哥……救我啊……

03

孫莫凡醉了，好久沒這麼醉了。那個老遊民的酒量不是普通的好，空瓶子堆了一打，才把他喝掛。

「呼……呼……我還可以再喝……」

「你有完……沒完……」

「呼……呼……算你厲害……」

「可以告訴我……那個人是誰了吧……」

孫莫凡說完這句話就昏了過去，過多的酒精讓他渾身發熱，痛苦不堪。朦朧中他感覺有人把他攙扶起來了，應該是刑警，他的腳使不上力，幾乎是被拖走的。他不知道接下來要去哪裡，隱約有種不好的預感，等會要面對的，可能不是什麼好惹的人物。

怎麼辦呢……唉，還是先休息一會再說吧，頭好暈……好痛苦……

孫莫凡清醒過來已經是兩小時後的事了，只是他並不知道過了多久，只覺得睡了很長的一覺。他發現自己身在一處陌生的所在，像是個車庫般空蕩蕩的房間，正中央擺著一張椅子，上頭綁了一個人，身穿花襯衫，脖子上還掛個金項鍊，標準小混混的打扮。至於長相，目前看不出來，因為一個大布袋套在了他的頭上。

這是什麼情況？孫莫凡一整個莫名其妙，他躡手躡腳靠近那個人，伸手戳戳他的大腿。

「……」

很好，沒反應。

孫莫凡後退兩步，拿出手機想打給李小倩，卻發現口袋是空的。再仔細一看，不得了，自己全身的衣服都換了一套，更不得了的是，這居然還是李小倩變裝成「李大千」時穿的衣服。

怪不得感覺這麼憋！孫莫凡很快意識到，沒準是自己剛才吐了，衣服髒了，才臨時被換上這套衣服。問題是，是誰幫我換的？我舊的衣服又在哪？應該不會是李小倩，難道是刑警？這又更怪了，不管是誰，他都覺得怪彆扭。

可惡的遊民！他一定是故意要讓我難堪的！孫莫凡踢了下椅子，算是洩憤。椅子上的人扭動了下，說話了：「幹！放我走喔！」

「講話客氣一點！又不是我綁住你的！」

「我管你是誰！放開我！」

「你兇屁啊！」或許是醉意未退，孫莫凡感覺特別煩躁。

「你算哪根蔥？你知道我誰嗎？恁爸蜥蜴啦，蜥——蜴——」

「我還壁虎咧！」

孫莫凡一把扯下他頭上的布袋，想看看這貨是不是真的長得像蜥蜴。然後他看見了一張跟爬蟲類沒兩樣的臉，嘴唇扁扁腦袋也扁扁，兩個眼睛大得不像話，黑眼珠子卻非常小，一看就不是什麼好東西。

「啊！真的是蜥蜴！」

「長得像蜥蜴得罪你了喔！幹恁阿嬤咧——」

蜥蜴雖然被五花大綁，卻硬要嗆聲，孫莫凡更惱火了，看了看四周有沒有武器，無奈卻什麼也沒找到。

可惡，要是有東西可以打他就好了。

孫莫凡正考慮要徒手施暴的時候，門開了，李小倩衝進來：「不要打他！」

「哇！」

「他就是我們要找的人。」跟在後面走進來的刑警解釋道：「你昏倒的時候，我們照遊民說的在一間色情錄影帶店找到他，當時他正專心地在看片子，所以很容易就被我制伏了。」

「原來是這樣……不過，這裡是哪裡？」

「這裡是我的審訊室。」

「欸？」

「我沒告訴你們吧，我平時也會接一些私活，抓到的犯人就會綁在這裡審問。」

「你確定是審問，不是拷問嗎？」

「呵呵，你要這樣想也可以啦。」刑警笑了笑：「既然你也醒來了，那我們就開始吧。」

「你們還沒審問過他？」

「審問開始之前，必須要先讓犯人獨處一段時間，孤獨會讓犯人感到不安和煩躁，心理防備也就越脆弱，這是基本常識。」

「是喔……」

雖然不太懂，但似乎很有道理。孫莫凡不再說話，和李小倩退到後面去，看刑警準備怎麼「審問」蜥蜴。

「聽說你叫蜥蜴是吧，看你的打扮，還挺有錢的嘛。」

「……」蜥蜴把頭撇開，沒有回答。

「一個低層的小混混，哪有錢去買那種手錶，你的收入來源是啥？」

「關你屁事喔！」

「你都被我綁到這裡來了，該不會真的以為什麼都不說就能離開吧？」

「那不然你就打我兩拳好了！反正我什麼也不會說的。」

蜥蜴把臉伸到刑警面前，本意是挑釁，沒想到下一秒，一個扎實的拳頭就揮過來，他連人帶椅摔倒，後腦杓撞到地板，發出響亮的「碰」一聲。

哇，還真的打咧。孫莫凡有些嚇著了。

蜥蜴瞪大了眼，失聲喊叫：「警、警察打人啊！」

「得了吧，你在這裡要喊給誰聽啊？欸？話說你怎麼知道我是警察？」刑警把他扶起來。

「你看起來就是警察啊，就跟你們一樣，你們不也看一眼就知道誰是罪犯嗎？出來混久了，自然都會看得出來的。」

「喔——看來你混滿久了齁！不過我很好奇，你以前清理釘子戶的時候應該立過不少功，怎麼現在還是在底層？不是應該要高升當幹部了嗎？」刑警冷不防湊近蜥蜴：「難道說，你闖了什麼禍？」

瞬間，蜥蜴的表情變了，他抿著嘴，搖搖頭。

「好吧，我們換個話題，你有帶身分證嗎？」

刑警說著，手已經伸到蜥蜴的褲袋裡了，他掏出一個黑皮夾，翻開一看，爆笑出來：「欸！

真的有欸！喂，你們看，這個小混混身上居然乖乖帶著證件欸！嗯……哇，還有素食自助餐的集點卡，已經集好多張了欸！哈哈哈！」

真的有那麼稀奇嗎？孫莫凡不懂笑點在哪。

「幹嘛？別人的身分證有什麼好笑的！還我喔！幹！幹恁老母！」

「你想對我母親幹嘛？我告訴你，以後要講『幹恁老師』這樣才不會有人身攻擊之嫌，畢竟『老師』可以指任何人，只要不對號入座，就沒有人會被『幹』，懂了嗎？」

刑警突然開始了髒話教學，邊把蜥蜴的證件排在地上，拿出手機拍照。他似乎不急著繼續審問，轉過頭問孫莫凡：「你們餓不餓？要不要買點什麼回來吃？」

「好！我要吃漢堡！」李小倩舉手。

「漢堡……」

蜥蜴聽見這兩個字，臉色變得蒼白，但刑警沒注意到，出去買漢堡了。孫莫凡發現蜥蜴的反應不對，不自覺皺起眉頭，他問：「你也餓了嗎？」

「啊？什麼？我不餓！」蜥蜴大聲嚷嚷。

「那你幹嘛一副很飢渴的樣子？」

「媽的……我怎麼會碰到你們這群智障！恁老師咧，放我出去！讓我走！」

蜥蜴又開始無理取鬧，但還真的把「恁老母」改成了「恁老師」。孫莫凡深呼吸一口氣，學著刑警方才的樣子，往他臉上灌了一拳。蜥蜴再度倒地，兩腳抽搐，終於安靜下來。

「小孫！你會打人了欸！」李小倩的語氣像發現新大陸一樣。

孫莫凡愣了下：「對、對呀！申哥教我的，今天總算用上了！」

孫莫凡藏不住內心的激動，他打人了，他的拳頭也足以讓一個大男人昏迷了！他恨不得自己面前就有一百個混混，好讓他發揮特訓的成果，實實在在逞一回英雄。但想想，蜥蜴是被綁著沒法還擊，如果今天是對等的狀態，他還有辦法贏得如此輕鬆嗎？想到這，他又開始消沉了。

不久後刑警拎著漢堡回來了，遞給孫莫凡和李小倩一人一個，自己也拿了一個啃起來。

「喂，起床啦。」

刑警把蜥蜴搖醒，後者一看見他手中的漢堡，居然發了瘋似地慘叫，誇張地作嘔，一反剛才屌兒啷噹的樣子，渾身顫抖不停。

「拿、拿走！把那個拿走！」

「你怎麼啦……」

「拿走！警察大人，我求求你，把那個拿走，拜託！」

看著蜥蜴異常的反應，刑警的眉頭越鎖越深。

04

最後刑警還是把蜥蜴放走了。孫莫凡很不能理解，明明什麼都沒問出來，幹嘛要放他走？可刑警說他的精神狀況不對勁，而且目前什麼證據都沒有，沒理由把人一直扣著。

蜥蜴走後，孫莫凡等人也沒閒著，因為MR.K發信息過來，說關於阿福，他有新發現。於是一行人立刻風風火火趕到MR.K指定的咖啡廳，那是間位在二樓的隱密小店，裡頭沒什麼客人，一進去就看見褪下白袍的MR.K坐在那兒看報紙，完好如初的阿福就大剌剌擺在桌上，只不過表面的金漆已經被刮除，露出白森森的原貌。

「阿福！」

許久沒見到好友，李小倩立刻衝上去，仔細看了看：「真的是阿福！你把它拼回去了？」

「對啊，拼到快脫窗了，到底怎麼樣才可以摔得這麼碎啊？」

「真是對不起喔！」

孫莫凡粗魯地撞了MR.K的肩膀，給自己拉了把椅子：「所以，你到底有什麼新發現？」

「你口氣也太差了吧。」刑警來到孫莫凡隔壁坐下，伸出手：「你好，我是調查這起事件的警察，敝姓賈。」

「咦？你們有報警啊？」

「不是我報的，是刑警先生自己要跟來的。」李小倩故做輕鬆地說。

「這樣啊，幸會幸會。」MR.K笑了笑，但很快又恢復嚴肅的表情：「那我們就不聊天了，直接說正經的吧！我已經知道阿福的基本資料了。」

「等等，怎麼連你也叫它阿福啊！」孫莫凡反射性吐槽。

「不覺得很親切嗎？而且我們又不曉得它的本名。」

「……好吧，您繼續。」

「阿福是男性，35歲以上，不會超過40，死亡時間五年左右，他有缺牙，雖然你們看到的阿福所有牙齒都是完好的，但我檢查過後發現，左上第二顆大臼齒是樹脂做的。」

「樹脂？」

「應該是那個老頭子做的吧，他還滿細心的，居然會想到幫它補牙齒。」

「有了這些資料，再比對近幾年的失蹤人口，應該很快就能確認阿福的身分了。」刑警將得知的訊息記下來，很順口地也用了「阿福」這個稱呼。

「然後呢？你說的新發現該不會就只有這樣吧！」孫莫凡著急地問。

「當然不只，還有一件事。」MR.K啜了一口咖啡：「最開始我看到阿福的時候，一直在思考會不會有藏屍的地方。」

「什麼意思？」

「因為正常情況下，如果不考慮溫度跟濕度的變化，屍體要變成白骨至少需要幾個月的時間，所以我一直覺得，阿福說不定是先被藏在某個地方，直到變成白骨後才被拿出來丟棄的。」

刑警立刻接話：「你的意思是，如果知道藏屍的地點，就可以判斷兇手的活動位置？」

「是啊，因為白骨突然被丟棄，很可能就是埋屍的地方出了什麼問題。像以前我就遇過，將屍體埋在自己家裡，後來因為都市更新計畫，那一帶的土地必須動工，才不得不將已經變成白骨的屍體挖出來丟在別的地方。」

「所以，你原本是想，只要知道當時那附近有哪裡的土地在做工程，就可以縮小調查範圍了？」

「縮小範圍不一定，我只是提出可能的看法，只不過這次沒有那麼幸運。」MR.K從李小倩手中接過阿福：「在我把阿福外表的金漆剝掉之後，發現了有趣的事情，你們看，這整個頭骨的表面，都佈滿了不規則的細碎刻痕。」

「真的欸……這是怎麼回事？」

「這是刀子刮過表面留下的痕跡，而且看起來都反覆刮過很多次……我想，這恐怕是把皮肉跟骨頭分離時留下的刻痕。」

「分離？」孫莫凡稍微起身：「你是說，阿福在死掉後不久，就被人硬生生把肉從骨頭上刮下來了嗎？」

「這也是有可能的。」MR.K慎重地點頭。

「怎麼這麼殘忍……難道這件事是專業的殺手做的嗎？」李小倩眼淚都快流出來了。

「正好相反，專業的殺手肯定不會用這麼麻煩的手段吧，而且，這個人的刀工不好，才會在骨頭上留下這麼多刻痕，我想，下手的說不定是連刀子都很少用的人。」

「咦？可是……」

「我的意思是很少做菜，如果拿刀子砍人，那又另當別論了。」

「這樣喔……」

孫莫凡點頭，思考下一步該怎麼走，忽然瞄到不遠處的座位有個眼熟的身影——

「啊！蜥蜴！」

孫莫凡當場大叫出聲，蜥蜴立馬跳起來就跑，刑警搶先一步追了上去，沒幾秒就把人捉回來了。刑警把蜥蜴雙手扣在背後，厲聲質問他：「喂，你在這裡做什麼？」

「我來喝咖啡不行啊？」

「臭小子，小混混會到這種目標是年輕女生的咖啡廳來嗎？而且還穿著拖鞋？」

雖然這個問句有些大男子主義的刻板印象，但蜥蜴卻彷彿被說中了，低頭不語。

「你從什麼時候開始跟蹤我們的？」

「……你把我放走之後。」

「為什麼？」

「……」

蜥蜴別過頭，不肯回答。孫莫凡猜想，會不會是刑警突然舊事重提，讓蜥蜴起了疑心？這樣一來，不就代表他的確在當年清除釘子戶的行動中經歷過什麼嗎？

「算了，小子，剛才我們的對話你聽到了多少？」

「什麼也沒聽到。」

「把人當白痴耍也該有個限度。」刑警巴了下蜥蜴的頭。

「吼唷！失禮啦！」

「所以，你都聽見了吧？你難道是想主動參與調查嗎？還是有想起什麼線索可以提供給我們？」

「我不、不知道。」

「你是不是還想再吃拳頭？」

「你、你敢在大庭廣眾之下動手嗎？不怕被錄影上傳說警察打人，看你以後還怎麼混！」

「不要以為我不敢喔，反正我穿這樣，沒人會想到我是警察。」

刑警揪住蜥蜴的領子，表情越發邪惡。蜥蜴越來越慌，看這陣勢他絕逼知道些什麼，只是現在沒法讓他吐出來。孫莫凡急得要命，搞不好兇手就在眼前，刑警居然還有辦法跟他尬聊，到底是不是專業的啊？但刑警還真的一點也不緊張，話鋒一轉開始和蜥蜴閒扯淡，大談「奇萊」上一任領導折進去了之後組織內部的局勢、旅館街的妹妹哪個比較可愛之類的話題。

孫莫凡聽不懂，也沒興趣去聽，兩個拳頭握得老緊，就差沒上去一人給一個拳頭。他多希望刑警可以像是電影裡演的一樣，手銬銬上一記飛踢再兩個大耳刮子，犯人就把所有陰謀詭計招了。

「好啦，回去吧！記得最近安份點，我記住你了。」

幾分鐘後，刑警看似聊夠了，拍拍蜥蜴的肩膀，乾脆地放他走。

「啊！刑警先生，你怎麼又把人放走了？他偷聽我們講話欸！」

這回是李小倩先開口，看來她也很不滿意。刑警轉頭看著莫名其妙的眾人，搔搔腦袋：「偷聽又不犯法。」

「但是……」

「再說了，他又不是真兇，沒必要一直針對他吧。」

「你怎麼知道他不是兇手？」

「他一臉沒種的樣子，我才不信他會殺人。」

「你是警察欸，警察辦案都靠直覺的嗎？」

「一半靠直覺，一半靠經驗。」

「還真的咧……」

「喂，你們幹嘛一臉看不起我的樣子？」刑警雙手叉腰，用「真受不了你們這些外行人」的語氣說：「他雖然不是兇手，但肯定和這件事脫不了關係。他聽了我們的對話，知道我們在找真兇，說不定會去和兇手聯繫啊。」

「啊。」孫莫凡恍然。

「我會派人監視他的，他越是緊張就越容易露出馬腳，不用擔心啦。」

「派誰啊？你不是獨行俠嗎？」

「呵呵，老實說我在遊民的圈子裡滿吃得開的喔。」

又是遊民！黑道喜歡雇用遊民，連警察也要找遊民幫忙，這到底是什麼社會啊！身為一個刑警，他也太寒慘了，連個像樣的手下都沒有，不知道該佩服他還是同情他。孫莫凡苦笑，算是接受了。

「接下來，就只需要去比對失蹤人口了。」

刑警拍了下手，用這句話將事件告一段落。

回家後孫莫凡把自己關在房間，不停回想起自己揍人的瞬間。

上國中之後就沒打過架了，事實上小學時那些也不算是「打架」，充其量只是小孩子的打鬧而已，幼稚得可笑。可是自己今天打了一個素不相識的人，拳頭觸碰到臉頰的那種紮實的觸感一直在他腦中揮之不去。

真有意思。

原來打人的感覺是這麼爽的，幾乎會讓人上癮。

冒出這樣的想法連孫莫凡自己都嚇了一跳，可是，真的挺有意思的。他感覺某種東西正在體內擴張，慢慢地膨脹、變大，他還想揍人，還想繼續懲惡揚善，他想變得和小申一樣，成為眾人心目中景仰的對象。

我以後……會變成什麼樣的人呢？

孫莫凡這樣想的時候，手機響了，一接起來竟是刑警，只聽他沉穩的聲音：

「喂，知道阿福的真實身分了。」

05

「啊？怎麼這麼快？這才幾個小時啊！」

『篩選之後符合所有條件的就只有一個人，他的缺牙幫了大忙。』

「那……可以把他送回家了？」

『你搞什麼啊？那可是重要的證物，現在還不行。』刑警「嘖」了一聲：『我明天要去他府上拜訪一下，你們要不要跟著來？』

「欸？可以跟嗎？」

『人多比較熱鬧嘛。』

刑警說完就把電話掛了，孫莫凡想不明白辦案幹嘛還要熱鬧。

第二天一早，孫莫凡和李小倩就搭上刑警的車，朝阿福的住處出發了。

阿福本名林富貴，失蹤時38歲，已婚，育有一女。原本在上游經營一家麵店，五年前被「奇萊」收購後不久便失蹤了，全家搬到了郊區。冷冰冰的資料上是這麼寫的，沒有提及他妻小之後的生活，但想必不會太好。

土地、房子都沒了，連一家的經濟支柱也失去，剩下母女倆相依為命。

那片富麗堂皇的夜生活帝國，都是「奇萊」踐踏別人的尊嚴換來的。孫莫凡不禁握緊拳頭，那些人真是可惡，可是，連政府都默許這樣的組織存在，他一個老百姓，又能說什麼？

如果阿福能入土為安，可以給他的妻女帶來一點點的寬慰的話……現在能做的，也只有這麼多了。

林富貴的太太住在一間小公寓裡，應該是租來的房子，外觀很破舊，但是不致於到髒亂。三人爬上陡峭的樓梯來到四樓，按下林家的門鈴。

叮咚——

門鈴聲迴盪在空蕩的樓梯間，不久後便有人來應門了，是個身材瘦小的婦女。她穿著圍裙，似乎正在打掃，手裡還拿著抹布。她頭髮剪得很短，年紀應該也不小了，臉上卻沒什麼皺紋，撇開那幾絲白髮不談，乍看之下還是很年輕的。

「請問你們是……」婦人小心翼翼地問道。

「我是警察。」

刑警拿出了證件，但不像電影演的一樣，夾在警察手冊裡，用帥氣的姿勢從外套內袋掏出來，如此平凡的開場讓孫莫凡有些失望。

「警察？」婦人明顯有些警戒，任何一個正常人突然被警察造訪，都會嚇到的。

「不要緊張。」刑警盡可能露出親切的笑容：「我是想找您談談您先生失蹤的事情。」

婦人立即繃緊神經，似乎想起了什麼不好的回憶，拿著抹布的手微微顫抖。

「媽？怎麼了？」

一個國中生模樣的少女跑到門前，看見三個陌生人，也呆住了。婦人轉過頭，用稍微嚴厲的語氣說：「妳回房間去。」

少女狐疑地看了刑警一眼，回房間了，順手把門關上。

「請進，不好意思，家裡很亂。」

婦人說完丟了幾雙拖鞋到門口，刑警說了句「打擾了」，很自然地穿上拖鞋進屋，往沙發上一坐。孫莫凡和李小倩就比較拘謹了，明顯察覺到這氣氛不對，根本不是他們這些外行人能攪和的，但來都來了，還是硬著頭皮坐下。

過了一會脫掉圍裙的婦人回來了，刑警先自我介紹，然後便跳過孫莫凡二人，直奔主題：「您先生是五年前失蹤的，對吧。」

「對。」婦人點點頭。

「很抱歉，這次給您帶來的是個不好的消息，我們找到他了，但是，只找到他的頭骨。」

「你的意思是……」

「請節哀。」

刑警微微鞠躬，他的表情很悲傷，卻不客套，讓人覺得他是發自內心替婦人感到難過。婦人聽了，反應很平淡，也許經過這麼多年，她老早就不抱希望了。

「您先生的頭骨上有傷口，已經證實是子彈造成，幾乎可以確認他是被槍殺的。為了讓他體體面面地走，我希望您能協助我們調查，把所有關於您先生失蹤的細節都告訴我。」

婦人面無表情地說：「這樣啊……我知道了。」

她肯定很激動吧，只是沒有表現出來而已，因為有這麼多外人在場。從她握緊的拳頭和緊繃的肩膀就可以看出來，她正拼命地在忍耐。

「媽！你們在說什麼？」

女兒的聲音突然出現，眾人回過頭，發現她不知何時站在房間門口。

「我爸爸，死了嗎？」少女茫然地問。

沒有人說話，現場一片死寂。

「妳之前明明說……爸爸是在坐牢……」少女瞪著母親：「雖然我老早就覺得不對勁了，可是，失蹤是怎麼回事？」

「妳沒有告訴她嗎？」孫莫凡忍不住插嘴。

婦人低下頭去，少女快步走來，吼道：「媽！妳看著我！妳跟我說清楚，爸爸到底怎麼了？」

面對女兒的質問，婦人木然地看著前方，斷斷續續地說出林富貴失蹤的始末。

五年前，「奇萊」為了建立娛樂城，開始收購那一帶的土地跟店面，有些店面的位置沒有那麼好，便可逃過一劫，可林富貴家的麵店正好就位於黃金地段，是他們非要不可的目標。

最開始還只是單純的交涉，偶爾會有幾個人到店門口，好聲好氣地問他收購店鋪的事，當然林富貴無一例外地回絕了。碰了幾回軟釘子之後，那邊就開始耍起了小手段。先是往他家鐵門噴漆，或是在白天從暗處丟石頭，或是謊報食物裡有老鼠屎，連警察都叫來了。總之就是意圖讓他自主倒閉。

林富貴是很強勢的人，他當然不可能忍氣吞聲，他召集了幾個同樣受害的住戶，組成了自救會，四處抗議，還去找議員、投訴媒體啥的。但世風日下，人心不古，哪個議員沒和黑道有點交往？那邊塞幾個紅包，這邊馬上就不管了，抗議根本沒用。

又過了幾個星期，麵店還是頑強地營業著，「奇萊」停止了小動作，開始捧著大把的鈔票上門，說只要他願意賣，多少錢都不是問題。可林富貴才不聽，他覺得黑道不能相信，而且與其拿那幾百萬，還不如自己有一間店實實在在地賺錢比較安心。

隨著時間經過，附近被收購的店鋪越來越多，住戶搬走了、店面倒閉了，一間間地收起來，街道變得冷冷清清，麵店自然也沒有生意了。這時林富貴終於不得不考慮接受對方的條件，不然到最後，吃虧的還是自己。

沒想到，下回對方來的時候，開出的價錢比原本還少了大半。林富貴當然不服氣，可對方卻說「你以為你這種破店能值多少錢？」擺明了就是看不起人，林富貴要跟他動粗，反而被打倒在地，一群人用鋁棒圍毆他，把他打得手都斷了。

店鋪最後還是賣了。

如果林富貴就此妥協，可能後面一連串事情都不會發生，問題是他沒有。林富貴不甘心，他們家祖傳三代的店就這樣丟了，他頓時成了一個沒有家也沒有工作的男人。於是，他在一個晚上主動去找「奇萊」，也不知他哪來的勇氣一個人去談判，就是那天，從此他再也沒有回來。

約一個月後警察來了，拿來一封遺書給林太太，說這被壓在海邊一顆大石頭下。因為是裝在信封裡的，好好寫著地址，警察才找上她。

遺書上寫著，他林富貴近日憂鬱成疾，喪失了活下去的鬥志，囑咐林太太照護好家裡，他要先走一步。

「屍體呢？」林太太問。

「可能被海水沖走了，還在搜索中。」警察不帶感情地回應。

林太太又仔細看了遺書，發覺不對，丈夫一輩子都在廚房忙碌，沒受過什麼教育，大字不識幾個，他怎麼可能寫出「憂鬱」這麼複雜的字眼呢？可是，又怎麼看怎麼像是丈夫的筆跡。她把這個疑點跟警察說了，警察也只是敷衍地說會接著調查，然後便沒有然後。

一轉眼過了五年。

林太太擔心那時候還在上小學的女兒會承受不住，就騙她爸爸和人打架進監牢了，從此沒再提過這事兒。與其讓女兒因為父親的失蹤難過，讓她怨恨父親，反而是更好的選擇。她是這麼認為的。另一方面，也是她心中還有一線希望，覺得丈夫沒有死。

可是，林富貴的確死了，不會再回來了。

聽完這個故事，女兒流下了眼淚，卻倔強地抿著嘴。林太太沒有哭，她超乎常人地冷靜，她一字一字地對刑警說，請一定要將害死丈夫的兇手逮捕歸案。

刑警說，我會的。

06

當天晚上，刑警帶著筆記本電腦來到「四海」，說他已經把林富貴失蹤前後的監視器畫面拷貝下來了。孫莫凡和李小倩圍著電腦的小螢幕，死盯著黑白低畫質的畫面瞧，還因為太靠近而撞在一起，兩人摸著頭慘叫。

「啊，真熱鬧，這樣就不會孤單了。」

刑警似乎對此很滿意，孫莫凡想，他到底有多怕寂寞啊？但仍繼續看下去。

監視器畫面共有三段，第一段是林富貴失蹤當晚，他最後一次走出家門時所拍下的。那時是冬天，而且已是晚上九點，林富貴穿著羽絨外套，搖搖晃晃地走出來，招了輛計程車，走了。

第二段是「奇萊」的據點門口，林富貴的目的地就是這裡。也不知到他怎麼找到這兒的，那是外表偽裝成普通民宅的賭場。計程車出現，林富貴下車，由於角度問題，只能看見他的側面。他按了門鈴，沒過多久就有人出來，雖然畫面很不清晰，但孫莫凡一眼就認出那人是蜥蜴。

蜥蜴站在門口和林富貴說了會話，然後便拍拍他的背，好哥倆似地把他請進去了。當時警察也有到賭場去探訪過，可裡面是沒有監視器的，當時一群人都在打麻將，壓根沒注意到他們什麼時候來、什麼時候走，又在裡面做了什麼。到這裡刑警按下快轉，大約三十分鐘後，蜥蜴跟林富貴出來了，林富貴不知怎麼地，低著頭，手一直按著肚子。他這次沒招計程車，而是蜥蜴開車把他載走。

第三段畫面又回到林富貴家門口，蜥蜴的車停下來，林富貴下車，同樣低著頭，朝家的方向走去，消失在畫面裡。過了不久，蜥蜴也把車開走了，此時已是深夜一點多。

這便是林富貴最後的身影，他明明被蜥蜴載回家了，卻沒有進家門，一個月後，他的遺書在基隆的海邊被發現。

「你們看出什麼問題了嗎？」

放完所有的畫面後，刑警問道。眾人面面相覷，沒人看出有哪兒不對。

孫莫凡率先開口：「他那天晚上明明有回家。」

「可是，他太太並不知情。」

「那他後來又去哪裡了？」

「你忘了他是被槍殺的嗎？他一定又回去找蜥蜴他們了。」李小倩斬釘截鐵地說。

「那監視器為什麼沒拍到他？」

「難道是刻意挑不會被拍到的路線走？」李小倩邊說邊看向刑警：「這有可能嗎？」

「當然有可能。」

刑警從手提包裡拿出一本厚重的資料夾，抽出一張紙，上面畫著簡單的地圖，在許多角落都標著圓圈。

「這是林富貴家附近的地圖，圓圈代表的是監視器。」

「一、二、三……」

孫莫凡下意識數了起來，發現還真的不多。他用手指在地圖上比劃，只要從家門口走出來馬上往左拐，就能避開門口的監視器，接著彎進防火巷，就能去另一條能招到計程車的路，完全不會在鏡頭裡留下蹤跡。

可是，他避開監視器是為什麼呢？他想幹什麼？

「這也太可疑了吧，那個時候的警察不會覺得奇怪嗎？而且從最後的畫面看，他一直按著肚子，說不定已經受傷了，受傷的人還能去哪裡？」

孫莫凡冒出一連串疑問，刑警搖搖頭：「畢竟跟黑道有關，那時候他們根本沒仔細調查，只是能拖就拖，發現遺書後就草草結案了。」

「怎麼會……」

「因為死的不是自己的親人，他們覺得無所謂。」

孫莫凡按捺住情緒，強迫自己繼續思考。

林富貴已經受傷了，卻故意避開所有監視器，又回去找蜥蜴，才導致被槍殺。一瞬間他又想到另一個問題，為什麼被丟到下游的只有頭部？其他部分呢？被埋起來了嗎？還是被分散到四處了呢？基隆海邊到底有沒有他的屍體？

「你在想什麼？」

刑警察覺到了孫莫凡的表情，孫莫凡把他的疑惑說了，刑警點點頭，表示會有這樣的問題很正常，他當時也思索許久，最後得出的解釋是，他們也許真的把屍體丟進海裡了。但因為頭部有彈孔，那是決定性的證據，代表死者是他殺，所以才會刻意將頭部與身體分離，丟到下游去。至於其他部位，基本上丟進海裡就找不到了，萬一找到，也不會顯得不自然——在海水的沖刷之下，屍體經常會變得破碎不堪，頭部又是最脆弱的，就算斷了也不奇怪。

「這樣啊……」

孫莫凡喃喃回答，茫然地看著重播再重播的畫面。

忽然，刑警似乎發現了什麼，一把搶過滑鼠，按下暫停。

那是第三段影片的內容，畫面中的林富貴剛從蜥蜴的車上下來。

「你發現什麼了？」孫莫凡問。

「我想我們可能搞錯了……這個人，可能根本不是林富貴。」

「什麼意思？」

「他走路的方式，和林富貴不一樣。」刑警打開另一個視窗，把兩段畫面並排播放：「林富貴走路比較慢，而且身體都會傾向左邊，可是這個人明顯不會。」

「如果他不是林富貴，那……他是誰？」李小倩的聲音在顫抖。

「可能是蜥蜴的同夥，這個時候的林富貴，恐怕早就已經死了。」

「不會吧……可是，他為什麼要這麼做？」

「當然是擾亂調查啊！」孫莫凡搶著回答：「這樣就可以擺脫他們的嫌疑了！讓別人以為林富貴真的是自殺的！」

「那我們要怎麼找到這個人？」

「畫面！」刑警突然站起來：「那之後的畫面，說不定還會拍到什麼！他會被蜥蜴找來假扮林富貴，表示他們肯定交情匪淺，而且他也是賭場的常客！再加上他的身高體型都和林富貴很類似，用這些條件去篩選，找到這個人應該不難！」

刑警說著繼續播放錄影，三人聚精會神盯著電腦螢幕希望能找出這個神祕人物的更多線索。這三段畫面都是一整天的長度，而不是事後剪接的，只要看下去，那個人肯定會再次出現。

刑警把畫面以八倍速快轉。同時又想到，這傢伙之後會去哪裡？如果他的目的只是為了唬弄警察，那之後可能會回賭場吧？說不定蜥蜴的車子也沒有開遠，正在哪裡等他呢。於是他換到賭場門口的鏡頭，繼續快轉，發現蜥蜴載林富貴走後一個半小時，他才把車開回來，但是，從裡面只下來他一個人。

奇怪，難道是我搞錯了？他沒載著同夥回來？不對，也許還得再往後看一點……刑警把速度調到十六倍，天更黑了，已是凌晨三點，彼時正是賭場的尖峰時間，陸續有車子開到門口，每次都下來三、五個人，看來這經營規模還挺大。

大約三點二十分，畫面中再度出現了蜥蜴的車，他的車是銀色保時捷，所以很顯眼。蜥蜴這一出去，再回來的時候已經五點半了，孫莫凡瞪大眼睛，全身緊繃地看著接下來的畫面。

這一次，從車上下來了兩個人，一個是蜥蜴，一個是沒見過的陌生人，手臂上有蛇的刺青。

孫莫凡拍了下桌子：「一定是他！他的身高和體型都跟林富貴好像！」

「很好！我現在就去賭場，搞不好真能碰到他！」刑警說罷就穿上外套跑了出去，邊大喊：「我會帶著好消息回來的！電腦先借你們玩吧！」

孫莫凡和李小倩笑著目送刑警，等他走遠，就直接用他的電腦看起影片。電影劇情正到高潮處，不久之後，突然有個人走過來，輕輕把手放在刑警的筆電上，孫莫凡順著那隻手看上去，是個老頭子，穿著嶄新的白襯衫、西裝褲，正對他露出詭異的微笑。

「你們在等那個警察嗎？」老頭笑著說。

孫莫凡覺得他好像有點熟悉，皺著眉頭看了會，赫然發現，這傢伙不就是那天和我拼酒的遊民嗎！

「你、你怎麼……」

「賈先生拜託我監視蜥蜴，但是，蜥蜴給的錢比他多了十倍。」遊民伸出十隻手指：「他不只請我吃飯，還給我買新衣服穿，說要幫我找工作，嘿嘿，天下哪有這麼好的事？」

「你、你背叛我們？」

「我本來就沒站在你們這邊，沒有背不背叛的問題，剛才我已經給蜥蜴大哥打電話了，賈先生抓不到他們的。」

「你這王八蛋！」

孫莫凡又想揍人，剛舉起手就被李小倩壓下來，他奮力掙脫，衝上去往遊民臉上就是一拳。被打的遊民倒在地上，嘴邊卻還掛著笑，李小倩呆然地看著這一幕，半天才想起來要告訴刑警這件事。

刑警的手機響了，可是他沒法去接。
賭場裡的桌子翻的翻倒的倒，麻將落了一地。
鮮血從刑警的腹部湧出，拿著槍站在他面前的，正是蜥蜴。
蜥蜴彎腰拾起了響個不停的手機，按下通話鍵，打開擴音，李小倩焦急的聲音傳出來，傳到刑警的耳裡，越來越模糊。

07

老遊民呈現大字形躺在地上，嘴角掛著血跡，孫莫凡喘著氣，把沾血的手抹在褲子上。
就在剛才，在孫莫凡的拷問之下，遊民終於吐出了蜥蜴和同夥的目的——萬安碼頭。
本來他們是沒有把目的地告訴遊民的，是遊民好事，不小心聽見了。他們原本就打算，只要事情一暴露，就立刻搭船到外地避風頭。萬安碼頭是個早已不使用的廢墟，但許多偷渡客都會從那兒上岸，要潛逃出境，也是最合適的選擇。
如果要去萬安碼頭的話……孫莫凡飛快在心中計算路線，打了三通電話。第一通打給小申，請他過來幫忙，他沒接，所以只好留言；第二通打給消波塊，叫他負責從監視器畫面找出賭場的位置，並讓救護車到那裡，然後把從賭場到萬安碼頭最快的路發給自己；第三通打給妹妹，說今天會晚點回家，要她知會父親一聲。
所有電話打完，孫莫凡看了身邊的李小倩一眼：「妳會在這裡等我嗎？」
李小倩點點頭：「快去吧！」

「嗯，記得要幫他叫救護車喔。」

孫莫凡指了指躺在地上的遊民，順手從店門口的傘桶拿走一支纏滿鐵線與鉚釘的鋁棒塞進背包。這是小中常用的武器，平時沒事就放在傘桶裡，先借一下，他應該不會介意。他走出店外，望了一眼漆黑的天空，跨上機車。

「我走了！」

孫莫凡發動車子，催緊油門，弓起背迎著風，朝萬安碼頭的方向駛去。

風很大，夜已深，路上的車流卻不減反增。孫莫凡在車陣中蛇行，就在剛才，消波塊傳來捷報，表示他現在的行車路線與對方行經的道路在前方兩公里處會出現交叉點，如果他的速度夠快，就能碰上那台銀色保時捷。孫莫凡已經把車號背下來了。

快一點，再快一點，這和平常送包裹時不一樣，就當是為了刑警，他必須快。

孫莫凡伏在車上，雙眼直視前方，眨都沒眨一下，道路的盡頭被濃縮成一個小點，距離交叉路口還有七百公尺。這時前方出現一個號誌，就差幾公尺，燈號變了，孫莫凡幾乎是毫不猶豫地直接衝了過去。

情況緊急，闖個紅燈而已沒關係的，話說剛才也超速了，不過那都是小事。他這樣告訴自己。路口越來越近，孫莫凡絲毫沒有慢下來，他的心跳非常快，像是在做極限運動，渾身鼓譟不堪。狂風之下汗水剛剛流出便被吹乾，他感覺自己的外套正隨風揚起，他想像著自己現在的模樣，看上去會不會像是紅色的流星。

穿過車陣，一個數字飛進孫莫凡眼簾，是那個車號，是那台銀色保時捷。

雖然還有些距離，雖然兩者之間還有無數台車，但是他看得清清楚楚。

孫莫凡加速衝上前，在大車的縫隙中穿梭，有驚無險閃過，成功來到車陣最前端，保時捷近在眼前。保時捷速度並不快，幾乎可以說是在閒晃了，也許是沒料到會有追兵吧。不過這倒是讓孫莫凡鬆了一口氣，因為對方若是使出全力，自己根本沒有勝算。

加油啊，就讓我看看妳的極限吧！他拍了下狼狼的油箱，彷彿在回應他似的，狼狼嘶吼一聲，衝向保時捷。

幾乎在同時，保時捷忽然加速，直衝而去。孫莫凡頓時慌了手腳，差點從車上摔下去，他也不甘示弱加速，可只有離對方越來越遠。

怎麼辦？要讓他逃了，怎麼辦？

這時，左方一輛黑色轎車駛過，孫莫凡心一橫，放開握把，站了起來。

那一刻，他彷彿看見了年輕的轎車女駕駛張大嘴巴、像是要慘叫的表情，但僅僅是一閃而過，因為他人已經跳到了轎車車頂，發出誇張的碰撞聲。

唉唷喂……應該沒把人家車子撞壞掉吧！孫莫凡趴在車頂，看著被自己拋棄的狼狼失控撞向路肩，橫躺在地，兩個車輪還飛快地轉動著。

對不起，狼狼！孫莫凡在心裡吶喊，可他沒時間難過，轎車車主探出頭來，以誇張的嘴臉質問他：「你在幹嘛！快下去！」

「對不起！請妳幫我追前面那輛車！」孫莫凡用他這輩子最誠懇的口氣說：「拜託！」

「我、我知道了啦！」

車主似乎也被這詭異的氣氛感染，縮回車內就開始加速，孫莫凡趴在毫無著力點的車頂上，雙手緊緊扣著車窗邊緣。

「喔喔喔喔好快啊！」

轉眼，轎車已經與保時捷接近平行了，孫莫凡扭頭嗆聲：「蜥蜴！把車停下來！」

保時捷把車窗搖下，出現的是蜥蜴的笑臉，還有一把手槍。

「不准開槍！」

駕駛座上的人大喊，孫莫凡瞄到他手臂上有蟒蛇的刺青，知道他就是那個假扮成林富貴的人。他空出一隻手抓住蜥蜴的肩膀：「你忘記了嗎？我們不能太招搖，把警察引來就完了！」

蜥蜴卻沒搭理他，執著地把手槍對準孫莫凡：「你現在給我下去，我就不開槍。」

「我不要！我死都不下去！」孫莫凡近乎無理取鬧地喊。

「我數到三！三——」

「喂！你不要再鬧了！」刺青男勾住蜥蜴的脖子，想阻止他，保時捷的速度變慢了。

「二——」

「你開槍啊！你就不怕警察來了會死得很難看嗎！」

「一——」

碰！

一陣火光自槍口發出，孫莫凡聽見了女駕駛的尖叫，他等他回過神，自己已經跳上了保時捷的車頭，以極度難看的姿勢，兩手開開、兩腳也開開地貼在擋風玻璃上。那發子彈在柏油路上留下一個深深的彈孔和硝煙，距離轎車只有不到一公尺，想必那位小姐一定嚇壞了吧。

「我操咧！」

蜥蜴還沒反應過來，手槍就被刺青男奪去，同時孫莫凡掏出鋁棒，往玻璃上用力一砸。

擋風玻璃發出清脆的聲響碎成蜘蛛網，孫莫凡沒有空思考「為什麼保時捷的擋風玻璃那麼脆弱」，伸手穿破那片蜘蛛網般的玻璃，揪住蜥蜴的領口，破口大喊：「把車停下來！」

嘰——車真的停了，只不過刺青男沒有乖乖就範，而是打開車門跑了出去，竄進路邊的草叢中消失了人影。而孫莫凡的手卻還卡在玻璃中，蜥蜴輕鬆地把他甩開，下了車，繞到孫莫凡身邊，似笑非笑地看著他。

孫莫凡的氣勢頓時減了大半，他這才感覺到害怕，不知什麼時候，車子已經開到一片荒郊野嶺，周圍一輛車也不剩，甚至都沒有路燈。

「再見了，小鬼。」

蜥蜴在他耳邊說完，抓起孫莫凡的腦袋往玻璃上砸，然後便竄進樹叢中，和刺青男一樣，消失不見。

「雪下得那麼深，下得那麼認真……倒映出我淌在雪中的傷痕……」

薛之謙的歌聲打孫莫凡口袋裡傳出來，他一把將手臂從玻璃中抽離，鮮血四濺。他咬著牙，用完好的手顫抖著接起手機，靠近耳邊，是消波塊的聲音。

『喂？小孫？我已經報警了，等等就會有警察過去你那邊……你還好嗎？』

「你怎麼……」

『委託你送炸彈的那天，我偷偷在你的手機裝了追蹤器，哈哈，不好意思喔，現在才跟你講。』

「……無所謂了啦。」

『什麼？』

「我還是要去追他們，等警察過來就來不及了。」

孫莫凡說完就把電話掛了，衝進草叢裡。

這裡肯定已經離萬安碼頭十分近了，否則他們不會這麼輕易棄車逃跑。這裡的草長得很高，只要有人走過，留下的痕跡很明顯，在月光照耀下，孫莫凡跟著他們行經的路，全力狂奔。

雖然對方有兩個人，不過應該已經沒有武器了，憑我這把神武，應該還是有點勝算的。孫莫凡忍著痛，把鋁棒握在手中，準備等會從背後偷襲他們。

跑了幾分鐘，周圍的草木漸漸稀疏，有什麼東西在月光下閃閃發光。孫莫凡半天才反應過來那是海，萬安碼頭已經到了！他加緊腳步跑向前，隱約看見了兩個人影，他屏住呼吸，挪動步伐，算準時機往其中一人腦袋上就是一棒。

「啊！」

一聲男人的慘叫，憑聲音孫莫凡知道他打中蜥蜴了。由於後腦杓中標，蜥蜴幾乎沒有辦法反擊，立刻就倒下了。刺青男見狀轉頭就跑，卻沒料到腳下是個斜坡，一腳踩空滑了下去。孫莫凡也跟著跑，腳踝卻被人死死抓住，回頭一看，蜥蜴趴在地上，兩眼圓睜，用滿是鮮血的手抓著自己。

「幹！」

孫莫凡抬腳狂甩，蜥蜴卻死不放手，站起來把他從後面抱住，他一慌，武器掉了。蜥蜴不給他彎腰去撿的機會，扣住他的脖子，孫莫凡兩腳亂踢，踢中蜥蜴的小腿，對方一吃痛，倒在地上。

打蛇要一口氣打死，不然他會報仇，打人也是一樣——孫莫凡腦海中響起小申的叮嚀，當然這裡的「死」不是真的把人打死，而是把人打得無法再站起來。他不確定蜥蜴還有多少戰鬥能力，要是現實生活也有血條，可以看見敵人還剩幾滴血，打起架來一定會輕鬆很多。

他彎腰在草地上亂摸，鋁棒不見了，便想著徒手給他兩拳，沒想到蜥蜴居然起身朝他撲過來，把他按倒在地。如果只是躺平就罷了，這裡偏偏是個斜坡，兩人就邊往下滑邊扭打在一起，最後雙雙摔在平地。

孫莫凡一看，蜥蜴被自己壓在身下，已經沒了動靜，看來這回是真暈了。孫莫凡沒管他，拖著傷痕累累的身軀繼續狂奔，前方便是萬安碼頭，入口處的兩根柱子中間，有個人站在那裡。

「你給我過來——」

孫莫凡嘶吼一聲，朝那個人撲過去，兩人同時沒站穩，摔進了水裡。

冰冷的水提醒了孫莫凡一個事實，那就是他該死的不會游泳。

不會吧……我要死了嗎……

孫莫凡嗆了幾口水，失去了意識。

尾聲：不，這是一個日常故事

孫莫凡一睜開眼，發現自己正被警車包圍，場面混亂，警笛和說話聲和慌張的腳步聲交雜。他的視線模模糊糊，轉頭一看，身邊竟站著一個全身濕透的怪人。

之所以說怪人，是因為他穿得一身黑，還戴著一個像是飛虎隊的頭套，只露出一雙丹鳳眼，眼角還有一顆痣。

「抱歉啊，我來晚了。」

頭套怪人說話了，聽見這聲音，孫莫凡嚇了一跳：「申哥？」

「你還滿厲害的，一直到昏過去之前都抓著那傢伙不放。」

「那個人呢？」

孫莫凡掙扎著起身，四處看了看，貌似有誰躺在擔架上被送進救護車了。他們戴著手銬，直到被推進去前一秒都還在不停叫囂，看樣子是沒有大礙了。這時他才後知後覺地想起來，咦？我是怎麼上岸的？

「申哥……該不會是你把我救起來的吧？」

「有疑問嗎？」

「沒有。」

孫莫凡猛力搖頭，他努力想讓自己看上去平靜，抿著嘴唇，不敢抬頭。他還是第一次看見小申的眼睛。

「同學！你有辦法站起來嗎？」

兩個救護人員打扮的人扛著擔架小跑步過來，攙扶起孫莫凡。他莫名其妙，覺得自己明明就沒啥大問題，正想婉拒，剛踏出一步，頓時從腳底麻到大腿，痛得他眼淚都流出來了。他只好乖乖就範，七手八腳被放上擔架，抬往不遠處的救護車。

小申站在原地目送他遠去，拿兩隻手指行了個禮，那雙鳳眼瞇成彎彎的一線。

之後，孫莫凡在醫院裡過上了一段大爺般的日子。他左腿打上了石膏，連他自己都不曉得腿是啥時候斷的，其餘都是小擦傷。這次事件造成最大傷害就是他的狼狼徹底報銷，從高中就陪著他的老伙計，以最壯烈的方式結束了它的一生。

傷好了之後還得繼續送快遞呢，沒車怎麼辦？孫莫凡決定先不管這個，因為撇開狼狼，他還是挺爽的，誰叫總算有件能拿來說嘴的事蹟了。他娘和他妹妹帶水果來看他的時候，他就不停重複說著他是如何英勇地面對罪犯、如何像動作片男主角一般從這輛車跳上那輛車……說到他妹妹拿蘋果砸他。

唯一沒聽膩這些故事的只有李小倩，她的感想是，「下次我也要」以及「你可以去應徵特技演員了」。別說，孫莫凡還認真考慮了起來，他運動細胞一直不錯，說不定這意外地發掘了他的新才能。

來探病的人中，就屬刑警最讓孫莫凡開心。刑警的腹部中彈，但沒有擊中要害，得以撿回一命。同是從鬼門關前晃回來的，兩人見面多少有些英雄惜英雄的味道，不需要太多的言語，那般驚險，你懂我也懂。

刑警邊啃孫莫凡的娘帶來的蘋果，告訴孫莫凡，那兩人全都招了。

五年前，林富貴去賭場找蜥蜴談判的時候，兩人在後面的小接待室裡談了許久，最後破局，蜥蜴的同夥壁虎（就是有蟒蛇刺青的那個）拿槍抵著他的頭，讓他乖乖聽話，林富貴不肯，他情急之下就扣了扳機。

那兩個人都不是高等幹部，槍都是拿好玩的，沒殺過人，一下子就慌了。要知道，他們搞建案最忌諱死人，因為出了人命警察就會來，事情一旦傳出去，就會大大折損往後的商業利益。

所以，他們必須把事兒壓下來。

兩人窩在接待室討論半天，最後決定讓壁虎穿著林富貴的衣服，假裝他有回家一趟，以此掩人耳目。等到夜深人靜，兩人再度回到賭場處理屍體，他們想過很多方法，最後決定將有彈孔的頭顱分開拋棄，軀體部分則偽裝成自殺，丟進海裡。

這裡和刑警當初的猜測基本是一樣的了，剩下就是他們處理頭部的方法。他們曉得下游就有個專門替人處理屍體的老頭，便把割下來的頭部丟進鍋裡去煮，肉都熟了之後，再用菜刀刮下來。（為什麼不乾脆整個屍體扛去找老頭？面對這個問題，壁虎說，擔心老頭口風不夠緊，把這件事告訴老大。他們幹這件事，是完完全全瞞著其他人的。）

骨肉分離的作業全程是蜥蜴負責，他親手將完好的頭顱變成了骷髏，摸遍了林富貴的眼耳口鼻。林富貴煮熟之後面目全非的臉，還有那氣味，和那滲出的血水，以及那柔軟的觸感，成了蜥蜴五年來揮之不去的夢魘。從此之後，他便改吃全素，因為他一看見肉類，甚至一聞到肉味，林富貴的臉就會浮現在他的腦海。

刮下來的肉哪去了？蜥蜴說，丟去餵賭場養的狗了。那隻狗毫不知情自己吃了什麼，至今仍無憂無慮地在賭場擔任看守一職。

刑警沒有把這些細節告訴林富貴的家人，但是把頭骨還給他們了。當年丟進海裡的屍體，可能真的如他們所說，被海流沖走，四散各處，找不回來了。雖然只有頭部，但多少能給家屬一個交代，「阿福」林富貴，隔了這麼多年，也總算能入土為安了。

至於蜥蜴和壁虎的判決如何？目前還沒出來，死刑應該不會，但是殺人手段殘忍，無期徒刑有機會，如果表現得好，被認為「有教化可能」，應該不用多久就能出來了。

不過別擔心，他們從監獄出來也不會好過的。刑警說。現在事情整個炸開了鍋，新聞要連續報好幾天，那一帶暫時沒人敢去了，損失的利益，上頭一定會找他們算帳。黑社會的問題，就要用黑社會的方式來解決，不關咱們警察的事兒。

「搞不好會被切斷小指喔。」刑警笑著說。

「又不是日本黑道。」孫莫凡想起了《人中之龍》。

「誰知道呢，搞不好他們也想走國際化路線啊。」

「哪有那種事啦。」

「喂，你這樣說就不對了。」刑警忽然一臉認真地說：「這個世界上，是什麼事都有可能發生的喔。」

孫莫凡一愣，李小倩好像也說過同樣的話？

「只要機率不是零，就代表有可能會發生，要用這樣的心態過日子。」刑警說。

「照你這樣講，如果我哪天變成黑道老大也不是不可能。」

「反過來說，也有可能變成總統。」

「不過，還是現在最好了。」

「怎麼說？」

「因為……我只想當一個平凡的快遞啊。」

孫莫凡說完看著刑警，兩人相視而笑。

（全文完）

番外篇一：
一顆頭引發的悲傷故事

01

李小倩一早來到店裡便看見妝都沒化、頭髮也亂成一團的廖東海，不斷把櫃子裡的東西搬出來，堆在吧台上已經成了一座小山。

「店長，你在做什麼？」

「我的頭不見了。」廖東海邊說邊打開另一格壁櫥，從裡面拿出一疊盤子。

「頭？」

「我以前練習理髮用的假人頭，以前都放在壁櫥裡的啊……」

「那個很重要嗎？」

李小倩好奇地湊過去，這麼說來，之前的確聽孫莫凡說廖東海以前是讀美髮科的，畢業之後也幹過一段時間理髮師。

「畢竟我跟它在一起這麼多年，已經培養出濃厚的革命情感……」

「喔——原來店長也跟我一樣！」

李小倩瞬間想起了自己的阿福，沒想到居然在這種微妙的地方發現自己和廖東海的共通點，她有些開心。

「所以，雖然有些不好意思，不過妳可以幫我找找嗎？」

「當然好啊！」

李小倩爽快地答應。

02

孫莫凡睜開眼睛第一時間看見的，是張毫無表情的大臉。

「啊！」

他嚇得從床上蹦起來，這才看清原來是一顆像是從服裝模特兒身上直接拔下來的假人頭，有著褐色波浪卷髮、紫色眼影和兩瓣烈燄紅唇，就放在他的枕頭旁邊。

這什麼鬼東西啊！

孫莫凡把人頭拎起來，繼李小倩的死人骨頭之後，這次是假人頭嗎……我最近到底跟頭多有緣？他翻看人頭，完全沒有把這東西帶回家的記憶，更甭說會放在枕邊了。我昨天送完最後一個包裹，去店裡拿走隨身物品後就直接回家，應該是這樣沒錯啊……我也沒喝酒，應該不可能做出「誤把假人頭當漂亮小姐搭訕之後帶回家約會」這種蠢事吧！

「哥——」

聽見自家妹妹那黏膩的嗓音，孫莫凡差點沒吐出來，依以往的經驗，妹妹用這種口氣和他說話絕對不安好心。房間門被打開，妹妹的小臉探出來，笑嘻嘻地問：「你的新女友怎麼樣啊？」

「新女友……」孫莫凡指著假人頭：「該不會是這個吧！」

「什麼『這個』、『那個』的，那可是你女友欸！」

「友個頭啦！是妳放的嗎？給我從實招來！」

孫莫凡跳下床，伸手想抓妹妹的衣服，不料馬上被閃開，撲了個空。妹妹游刃有餘地看著他：

「我親愛的哥啊，你有空可以多練習一下體能嗎？」
「妳這小鬼——」
孫莫凡冷不防從後面扣住妹妹的脖子，另一隻手做手槍狀抵住她的太陽穴：「妳再不說實話，我要開槍了！」
「哈哈哈哈……好啦我說，那個是昨天你朋友交給我的，說想讓你暫時保管幾天，只是他來的時候你已經睡著了，我不想吵醒你，又看它長得很可愛，就乾脆放在你枕頭旁邊囉！」
「我朋友？誰啊？」
「一個戴著安全帽的……」
「啊！是申哥！喂，他可不是我朋友，他是我老闆、大前輩，是我最尊敬的人！妳沒有說什麼不禮貌的話吧！」
「我只有問他為什麼不把安全帽脫下來而已。」
「啊啊啊那個不能問啦！」
「結果他回答我，因為他被下了只要脫下帽子就會死的詛咒啊哈哈哈哈……」
「不准笑！」孫莫凡努力維持嚴肅的口吻：「妳如果不是女的，早就被他過肩摔了好嗎！」
「咦？為什麼？」
「哪來那麼多為什麼，妳不是還要練習跳舞嗎？快去啦！」
孫莫凡不耐煩地把妹妹趕走，回房間打開手機，打電話給小申。小申從以前就三不五時會派任務給他，有時候是單純跑腿，有時候是陪他打撞球之類的，但從沒有這樣丟個莫名其妙的東西給他就不管的經驗。

電話響了幾聲之後，切換成「您撥的號碼無人接聽」的語音，孫莫凡猜想小申可能在騎車，便把手機放到一旁，拿著假人頭把玩起來。剛開始看覺得很可怕，現在卻覺得還好，這麼說起來，美髮科的學生每個人好像都有這樣一個頭呢……咦？美髮科？

03

「找不到呢……」

李小倩和廖東海疲累地癱在椅子上，整間店可以藏東西的地方都翻遍了，連垃圾桶都找過，就是沒看見。

廖東海重重嘆了口氣：「也許是我真的太弱了吧……」

「什麼意思？」

「練習這麼多年，我的理髮技術還是一點都沒有進步，我的頭對我失望了，所以才會離開我……」

「唉呀，不要這麼說嘛！」

若是平常人聽見絕對會回以白眼外加一句「神經病啊」的說法，李小倩卻完全不介意，因為她自己也早已習慣了跟無生命體對話，甚至認為那些東西也都有自己的感情。

「因為我昨天惹小申生氣了……」

「申哥？」

廖東海沉著一張臉：「我把他……理成了光頭……」

「天啊！」李小倩倒抽一口氣。

「我真的不是故意的，只是不知道為什麼就越剪越短，最後，就沒有了……」廖東海的聲音帶著哭腔。

「太可怕了……」

李小倩不敢說，其實她驚訝的點是，原來小申有頭髮。

04

不會錯，這個人頭是廖東海的。

某些遙遠的記憶模模糊胡浮現在孫莫凡的腦海，他剛到「四海一家」沒多久的時候，曾經目睹廖東海的背包裡有一撮頭髮露出來，當時還以為他是什麼殺人魔還是女裝大佬，嚇得不敢正眼看他。現在想想，那撮頭髮的真面目不就是這玩意兒嗎！

不過，廖東海的東西怎麼會跑到小申手上，又怎麼會交給我？孫莫凡百思不得其解，想著要不要直接拿去還給本人，可小申又說要他「保管幾天」……還是先去店裡試探一下廖東海的反應吧。

孫莫凡抓起車鑰匙出了門。

05

踏進店裡，孫莫凡立即感受到了一股低氣壓。

廖東海面無表情地在擦酒杯，速度卻非常快，一個接著一個，擦完之後就疊在吧台上，呈現金字塔狀。孫莫凡暗叫不好，他腦袋再怎麼不靈光，這下也明白了，小申把假人頭拿走絕對沒告訴廖東海！

還是先閃為妙！

孫莫凡剛要開溜，就被廖東海叫住：「小孫，你等一下。」

「什、什麼事？」

「你……想不想要剪頭髮？」

「蛤？」

「我覺得你的頭髮有點太長，你的臉型比較適合短髮，要不要我幫你修一修？免費的喔。」

廖東海的臉上綻放出笑容，但他周圍瀰漫著的黑色低氣壓卻絲毫沒有消失，孫莫凡有不好的預感，但理智告訴他，拒絕的話，會死得很難看。於是，他就這麼呆呆地任廖東海擺佈，在椅子上坐下、脖子被綁上不知道從哪變出來的白色布巾。

雖然有點詭異，但如果剪頭髮能讓廖東海心情變好的話就只好依他了，反正頭髮也剛好該剪了。孫莫凡閉目養神，聽著剪刀喀嚓喀嚓規律的聲音，感覺頭變得越來越輕盈，後腦也涼快了起來。

十分鐘後，看見鏡子的孫莫凡，慘叫聲響徹整個街區。

06

「所以，簡單來說就是申哥不爽被剃光頭就偷走阿海的頭報復然後阿海不甘心想磨練自己理髮的技術就拿你來開刀結果就變成這樣了？」
聽完來龍去脈，劉白喝了口茶，用最簡單的話語總結。
「對。」孫莫凡點頭。
「不要難過，阿海的技術像手機遊戲的轉蛋，可能一百次裡面才會有一次剪得特別好，你沒有被剃光，運氣已經算不錯啦。」
「幹！光頭跟地中海禿頭要比的話，我寧願被剃光頭啊啊啊！到底為什麼！為什麼可以剪成這樣！他是不是故意的啊！」
孫莫凡一把扯下頭巾，露出只有兩邊頭髮茂密，中間卻空空如也的新髮型。
劉白努力憋笑的結果是，紅茶從鼻孔裡噴出來了。

番外篇二：燈火闌珊處

01

開學第一天，篤驀然站上講台，說：「我叫篤驀然，驀然回首的驀然。」

全班靜默。

篤驀然用求助的眼神望著老師，老師點點頭：「還可以多說一點呀，你的興趣、擅長的科目、家庭……」

篤驀然嘆了口氣：「我沒有興趣，沒有擅長的科目，也沒有家人，謝謝大家。」然後低著頭匆匆下台。

過沒多久，另一位同學上台，挺著胸膛、中氣十足地說：「大家好！我叫葉闌珊，驀然回首，那人恰在燈火闌珊處的闌珊！我最喜歡吃飯、睡覺、打遊戲，專長是體育，請多多指教！」

老師說，唉呀，你跟剛才那個同學的名字，是一對的吔。霎時所有人都不自覺回頭，盯著篤驀然看。

篤驀然愣了下，拿起書本擋住臉。

搞什麼鬼啊？

02

分配座位的時候，葉闌珊恰好就坐在篤驀然的後面。

葉闌珊看著篤驀然的背影愣神，他的頭髮很長，幾乎都可以綁成小馬尾了，從後面看，就像個女孩子似的。葉闌珊上課時總愛扯篤驀然的頭髮，扯得太過分了，篤驀然就會回頭瞪他，他便露出勝利的微笑。

「你幹嘛玩我頭髮？」篤驀然不高興地護住後腦勺。

「我想要你轉過來呀。」葉闌珊說得理直氣壯。

「為什麼？」

「因為我想看你驀然回首。」

「……」

這是某種冷笑話嗎？

03

篤驀然似乎不怎麼喜歡跟人打交道，每到下課時間就消失不見，上課鈴響後才慢慢晃回教室。日子久了，篤驀然回教室的時間越拖越晚，有時甚至已經過了半小時才會看見他的身影。

有次眼看都快下課了，還沒看見篤驀然，老師便指名葉闌珊去找他，因為全班他跑得最快。葉闌珊像條獵犬衝出教室，不出幾分鐘就回來了，當然身後還跟著不甘不願的篤驀然。

自那以後，只要上課過後十分鐘還不見篤驀然，葉闌珊就會自動自發地站起來，給老師使個眼色，狂奔出去。沒人知道他究竟是怎麼找到篤驀然的，葉闌珊也從來不說，要是有人問起，他就會得意地指著頭頂說，我頭上有雷達，篤驀然在哪裡，我都感應得到。

於是葉闌珊有了新的綽號，篤驀然專屬人肉GPS。

04

篤驀然小學時代就經常蹺課，去什麼地方不一定，有時就只是漫無目的地在沒人的地方亂晃。他覺得學校是人類史上最變態的發明，不是每個人都適合上學的，至少他就不適合。

篤驀然很小的時候問過爸爸，為什麼要上學？

他爸爸反問，你不上學要幹什麼？以後拿什麼賺錢？

篤驀然想了想，一臉認真地回答，那我要當小偷，用偷的比用賺的快多了。

然後他被爸爸吊起來打得半死。

暴力教育法沒有讓篤驀然從此乖乖念書，反而更深化了他痛恨課業的想法，他爸爸對他說，你現在不唸書，以後別指望我會養你。

媽了個逼，誰要你養。篤驀然依然故我地蹺課，享受自由的空氣，誰知道居然半路殺出來一個葉闌珊。

「篤驀然！老師要你現在馬上回教室！」

「幹，你怎麼知道我在這裡！」篤驀然正在已經荒廢的後花園裡閒晃，突然跑出來一個人他差點以為自己見鬼了。

「我覺得這裡很像你會來的地方，所以過來看看啊！好了，回教室吧。」葉闌珊傻笑。

「不要。」

「為什麼？」

「那麼用功幹嘛？我們學校那麼爛，就算在這裡當第一名，去到外面還不都是砲灰。」

「你錯了。」葉闌珊嚴肅地搖搖食指：「有努力過的才能叫砲灰，沒努力過的叫廢物，你想當廢物嗎？」

篤驀然轉身就走：「對！恁爸就是想當廢物！」

「喔——廢物你好！」葉闌珊在後面大喊。

篤驀然差點摔倒。

05

「廢物早安！」

「……」

「廢物！你的考卷！」

「……」

「廢——物——」

「你幹嘛啦！一直廢物廢物地叫很好玩是不是！」
「你自己說你想當廢物的，我為什麼不能這樣叫？」
「……」
隔天篤蕎然拿著考卷要葉闌珊教他，葉闌珊喜出望外，把著機會給篤蕎然一道題一道題講解。篤蕎然似懂非懂，照著葉闌珊的作法重寫一次之後，答對的居然還不少。
他有些高興地說：「我好像也沒那麼廢嘛。」
葉闌珊拍拍他的肩膀，給他一個大拇指：「加油，朝砲灰邁進。」
篤蕎然大笑：「好，我就來當個世界上最大顆的砲灰。」

06

篤蕎然進步的幅度太過緩慢，仍當不成砲灰，可在葉闌珊教他功課的這些日子裡，他意外地發現這人挺有意思的，兩個人走在一塊的時間越來越長。
葉闌珊表裡如一，笑起來特別誠懇，總能讓人感覺安心，他是那種看外貌就知道肯定很善良的類型。他喜歡的東西很多，舉凡烹飪、攝影、運動等等許多需要技術的活兒，他幾乎都能上手。
跟葉闌珊說話，會有種自己長了許多見識的感覺，篤蕎然頭一次這麼佩服一個同輩，卻也頭一次在同輩面前如此自卑。葉闌珊彷彿生來就是個成功者，而他註定要失敗，明明都那麼努力了，卻連砲灰的邊兒都摸不著。
這樣的自己，還真是沒用呀。

沒有人察覺到篤驀然心裡小小的變化，在外人看來，他和葉闌珊的感情依然是這樣好。

07

三年級上學期某天，篤驀然忽然開始隔三差五地缺席，後來乾脆整整一個禮拜都沒來上課。葉闌珊每天望著空蕩蕩的前座，整個人跟失了魂兒似地，以往篤驀然雖然愛蹺課，可到底還是會來學校裝裝樣子，怎麼現在連來都懶得來了？葉闌珊給篤驀然打電話，剛開始總是沒接，後來乾脆變成空號。

這樣的情況持續了快要一個月，無論葉闌珊怎麼問，篤驀然都不肯說，最後他乾脆直接去找班導師。老師聽見篤驀然的名字就皺眉頭，這幾年下來，老師們已經習慣視此人為無物，能不管就不管，畢竟誰願意沒事找事，攤個麻煩在自己身上？

最後葉闌珊得到了篤驀然家裡的地址，意思大概是你要真那麼關心他，就自己去看看好了。

一個下著大雨的星期五放學，葉闌珊騎著腳踏車，前往篤驀然的家。他永遠忘不了，那是一處只能用寒酸來形容的小公寓，清一色灰白水泥牆、鐵欄杆，天花板很低，充滿壓抑的氛圍，讓人聯想到監獄。

葉闌珊在門前佇了許久，小心翼翼按下門鈴。

門被打開一個小縫，裡面是個披頭散髮、眼眶發黑的女人，她不懷好意地瞪著葉闌珊：「找誰？」

「我是篤驀然的同學，請問……他在家嗎？」葉闌珊被女人的模樣嚇著了，好不容易堆起來的勇氣瞬間「消風」，只得怯怯地開口。

「你找錯地方了，我們家沒這個人。」

女人用力把門甩上。

雨水不停地打在葉闌珊身上，一陣一陣，浸濕了他的頭髮、衣服、鞋子……葉闌珊在原地待了很久，唯一的念頭是，篤薹然在哪兒呢，不知道他帶了傘沒有？

08

篤薹然終於來學校了。

一個多月不見，他的頭髮更長、已經染成金色，兩邊耳朵掛滿銀色飾品，手臂上多了許多紋身。葉闌珊險些就認不出他來了，急忙抓著篤薹然問，你怎麼啦？

篤薹然咧著嘴微笑，說我朋友帶我去弄的，帥不？

葉闌珊實話實說，我覺得不好看。

篤薹然甩了下頭髮道，那是你沒有眼光。

那消失的一個月裡，篤薹然究竟幹什麼去了，葉闌珊終究沒問出來。日子像以往一樣地過，除了那醒目的造型，篤薹然跟以前並沒有什麼不同——對大多數人而言是的，因為他們從來就沒有留意過這個人以往是什麼樣子。

換位子的時候葉闌珊跟老師軟磨硬泡，又換到了篤薹然的後面。他依舊經常玩篤薹然的頭髮，依舊沒事找篤薹然聊天，依舊像平常一樣教他功課。一切的一切，都是那麼平常。

可是，葉闌珊察覺到了，在篤驀然佈滿紋身的手臂上，有著一道道橫跨動脈的傷痕。他沒有問，他不敢問，他想起了那個雨夜從門縫裡探頭出來的女人。這個女人是誰？篤驀然的母親嗎？葉闌珊不曉得。

平日他們倆無話不談，可唯獨沒聽篤驀然提過家裡的事，葉闌珊看著那些傷痕，都替他感覺到疼。

開學日篤驀然雲淡風輕地說：「我沒有興趣，沒有擅長的科目，也沒有家人，謝謝大家。」

09

一個女孩子在閨密們的慫恿下，鼓起勇氣拿著禮物送給隔壁班的男生，沒過多久，兩個人就在一起了。葉闌珊看著女孩子臉上幸福的表情，深深嘆了口氣。篤驀然說你怎麼啦？難道你對她有意思？葉闌珊搖頭，說不是，我只是覺得，能跟自己喜歡的人在一起一定很幸福。

篤驀然不太明白，他壓根沒想過喜歡一個人是什麼滋味兒，他每天都是這麼渾渾噩噩地過，不知道將來可以做什麼，也不知道活著究竟要幹啥。他問葉闌珊，一定得跟某人終成眷屬才叫幸福嗎？葉闌珊想了會，告訴他，得到心裡最想要的東西，就是幸福。

篤驀然再度陷入沉思，他最想要的東西是什麼呢？他挽起袖子，看著手臂上即使被紋身覆蓋依舊顯眼的條條傷痕。

說不定，他最想要的只是一個可以讓他安心睡覺的地方罷了。

10

基測在即，整間學校瀰漫著緊張嚴肅的氣氛，黑板上掛起了倒數xxx天的計數板，葉闌珊看著一天比一天減少的數字，心裡越發沉重。

等到成績出來，大家填了志願就會各奔東西了，這班熟悉的同學也終於到了離別的時候，這意味著，他將再也沒法看見那人驀然回首。篤驀然跟葉闌珊的成績差了十萬八千里，也就是說依照篤驀然這樣的情形，他不可能考得上葉闌珊的第一志願。

假如不能在同個學校，以後就沒法經常見面了。

葉闌珊心裡翻江倒海的時候，篤驀然忽然捧著參考書來找他了。

「你教我。」

葉闌珊莫名其妙：「你怎麼回事？」

「考試啊！快要考試了我是不用複習喔，我才不想當廢物哩。」

葉闌珊的胸口砰砰地跳，天邊終於透出一絲曙光，他們還是有可能再續同窗緣的。

那個總是不來上課的小混混篤驀然，真的開始用功起來了。

葉闌珊每天替篤驀然複習，看著他的成績總算有了起色，開心得不得了，儘管他不曉得是什麼契機讓篤驀然發憤圖強。

那之後的幾年裡，這段每天埋頭唸書的日子，居然成了葉闌珊最懷念的時光。

基測結束、公布成績、選填志願，流水帳一般的一道一道程序都過了，篤驀然真的和葉闌珊考上了相同的志願。

11

上了高中的篤驀然住在學生宿舍裡，不改混混的本質，還染上了嗜酒、賭博的惡習。有回上課，篤驀然喝得醉醺醺回教室，老師問他你去哪了，他居然輪起椅子砸在地板上：「關妳屁事？」

葉闌珊那時在上課呢，看到篤驀然從窗外跑過去，後面跟著一大批人，老師跑在最後面，歇斯底里地喊，給我抓住他、抓住他……

篤驀然身上的傷痕越來越多了，大都是打架留下來的，他以最快的速度竄升為校園頭號大流氓。

所有人當中最傻眼的就屬葉闌珊了，好不容易考上了個中段班的學校，篤驀然那傢伙居然又開始荒廢自己，到底在搞什麼啊？可縱觀下來，篤驀然好像又沒幹過什麼傷天害理的事情，他的一切作為，彷彿都只是為了好玩而已。

因為篤驀然沒有興趣，沒有專長，他不知道自己能幹什麼。

生而為人，最可怕的莫過於此。

12

學校附近開了間撞球館，叫做四海一家，剛好就位在葉闌珊和篤驀然每天放學必經的路上。會往撞球館跑的，通常不是什麼正經的人物，所以葉闌珊總是快步經過，從來不敢多做停留。然而，篤驀然卻像是著了魔似地，每次路過都不自覺放慢腳步，直到葉闌珊喊他，才戀戀不捨地離開。

終於有次，篤驀然拉著葉闌珊走進撞球館。

他們倆都沒打撞球，而是坐在吧台跟老闆阿海，還有一群客人聊了一晚上。他們有的人投資失利，有的剛剛與戀人分手，有的在江湖上叱吒風雲，每天刀裡來火裡去，喝醉了卻哭訴著他怎麼也找不到一個真心的兄弟。

篤驀然在那些客人的身上，都看見了自己的影子。

阿海說，這間撞球館是為了兩種人開的，一種是有故事的人，另一種是沒有家的人。有故事的人不見得沒有家，可沒有家的人背後肯定有故事……這裡就是提供他們一個宣洩的場所，既然叫四海一家，來的人就都是家人。

篤驀然第一次覺得自己找到了歸宿，「四海一家」明晃晃的招牌在他眼中，就好像給旅人指路的北極星似的。

從撞球館裡出來，篤驀然像是剛看完了一場大戲，兩眼濛濛的。他對葉闌珊說，我們以後也可以來開間酒吧什麼的，收留這些沒地方去的人。自己當老闆，一定很爽，搞不好還會被電視台採訪啥的，哈哈哈哈。

葉闌珊沒有聽見後半句話，他的重點聚焦在「我們」兩個字。

篤驀然居然把他的名字，一起放進自己的未來藍圖裡了。

13

撞球館的右手邊轉角處，有座電話亭，早就廢棄了，話筒跟話機甚至都是分開的。不知道是誰在電話亭的玻璃門上貼了張白紙，用奇異筆寫了三個大字：告解室。

葉闌珊問阿海那是什麼意思，阿海說是他的合夥人貼的，如果你有話想說，又不知道要跟誰說，就到電話亭裡說給「沒有人」聽。每個人都會有些不能說，卻又特別想講的祕密，「告解室」便是為了這種情況存在。

很多時候，為的只是說出來，而不在聽者是誰。

葉闌珊看著那座電話亭，說怎麼想到弄這個東西的，到底有誰會沒事站在那兒告解呀。

阿海笑了笑說，沒辦法，我那合夥人的腦迴路就是跟正常人不一樣。

14

暑假時住宿的學生都回家，篤鶱然拉著行李箱走進撞球館，說老闆，我在你這裡住兩個月行不行。阿海說好，篤鶱然就這樣住了下來，自動自發地幫忙做生意，阿海也會給他一點零用錢。

打烊後的撞球館裡安安靜靜，篤鶱然和葉闌珊並肩坐在吧台上，前者埋頭吃便當，後者盯著他吃便當。

「你住在這裡舒服嗎？」葉闌珊問。

「舒服啊，爽翻了。」

「為什麼不回家？」

「我說過了，我沒有家。」

「可是……」葉闌珊掙扎了下，說出心中長久的疑問：「你記不記得，國中的時候，有次你整整一個月都沒來上學，其實……那時候我有去你家找過你。」

接著，是長達數分鐘的沉默。

「你看到什麼了？」篤驀然放下筷子，語氣冰冷。

「你的……」葉闌珊小心翼翼地說出那兩個字：「媽媽？」並不是肯定句。

「她跟你說什麼？」

「她說……」

「她是不是說，你找錯地方了，我們家沒這個人？」

「……」

「她是我爸爸後來娶的老婆，我媽跑了。」

「那，你爸爸呢？」

「死了。」

葉闌珊不可置信地看著篤驀然。

「所以，我沒有家。那個時候我會想要唸書，就是希望可以考個遠一點的學校，這樣我就可以不用回去那裡了。」

篤驀然說完拾起筷子，繼續埋頭猛吃。

很長一段時間過後，葉闌珊才發覺篤驀然不來上課的時間點，應該就是他父親去世之後。

15

警察走進撞球館說要找篤驀然，理由是故意傷人。

有個頭上包著紗布的男生出來指認，一口咬定他在暗巷裡被篤驀然襲擊、勒索，巷子裡並沒有監視器，他就是唯一的受害者兼目擊證人。

篤驀然不認識這個男生，他甚至今天都還沒出過門。

警察不管問他什麼，他都只重複著一句話：「那個人不是我。」

那個男生如數家珍地，把篤驀然平時在學校的所作所為說了一通，說我們學校這麼惡劣的人只有你，所以絕對是你幹的。

篤驀然不懂了，這跟那明明是兩碼子事，憑什麼認為是他？他捏緊拳頭，咬著嘴唇，眼看就要跟人打起來了，阿海恰好進門。

阿海調閱了撞球館裡的監視器，總算證明了篤驀然的清白，按理說風波應該過去，沒想到開學之後，校園裡居然出現篤驀然是個勒索慣犯、還找人來當替死鬼頂罪的謠言。沒有人去探聽真偽，沒有人關心事實，只因為篤驀然在一些局外人眼中就是個混子，會幹出什麼事都不意外，謠言旋風一樣越傳越遠。

篤驀然不斷地、不斷地重複著那句話：「那個人不是我。」

可是，沒有人相信。

阿海曉得，葉闌珊曉得，「四海一家」裡的人都曉得，可是，也沒有人相信他們。

這些人，全都是與篤驀然同等的異類。

沒有人相信，沒有人願意相信。

16

夜深了，篤驀然站在那座廢棄的電話亭裡，拿起話筒，輕聲說：「做那些事情的人不是我，為什麼沒有人相信？」

沒有人回答他的問題。

電話亭對面，葉闌珊站在路燈下望著篤驀然的背影，他在心裡呼喚，篤驀然，你快回頭啊，我在這兒呢。

為什麼要去管那些不認同你的人，而忽略了一直都相信你的我們？葉闌珊站了很久，終究沒等到篤驀然回頭，於是，他走了。

篤驀然沒有回頭，只是重複對著話筒問：「為什麼沒有人相信？」

17

一個衣著破爛、頭髮蒼白的瘋女人闖進撞球館要找篤驀然，篤驀然不在，她揪著阿海的領子，說叫他回來，他是我兒子，他是我兒子，把他叫回來。

阿海無奈之下，只好打電話給篤驀然，他在電話裡冷冷地說，她不是我媽，叫她滾。

瘋女人抓起酒瓶一個個往地上砸，喊著，把篤驀然叫回來，我現在就要見他！她拿著破酒瓶子胡亂揮舞，一群大男人上去阻止，她歇斯底里地大吼，不要靠近我，我要報警了，把我兒子還給我……

十分鐘後，篤驀然終於出現，瘋女人一看見他，跌跌撞撞地爬起來，說然然，你救救媽媽好不好？媽媽欠錢，被人打了，沒地方去了，你救救媽媽，好不好？你現在有在打工，能不能給媽媽一點錢……

篤驀然隨手抓起一個被砸碎的酒瓶，指著瘋女人說，滾。

瘋女人一步步靠近，經過剛才的混戰，她臉上掛彩，衣服上都是血跡，看著怵目驚心。

篤驀然更大聲重複了一次：「滾！」

瘋女人顫抖著開口：「你是我的兒子，我現在能靠的只有你了，你讓我走，我怎麼辦？」

篤驀然嘶吼著，抓起酒瓶朝瘋女人衝過去。

沒人來得及攔他。

不久後，警車與救護車便來到了撞球館的門口。

瘋女人去到醫院裡接受治療，篤驀然則被送進少年觀護所。

學校裡傳得沸沸揚揚，篤驀然殺人未遂，對象還是自己的母親。沒有人去探聽真偽，沒有人關心事實，因為篤驀然就是個混子，會幹出什麼事來都不意外。

18

篤驀然走後，葉闌珊表現得非常正常，正常到所有人都覺得害怕。他一次都沒有提起篤驀然的事情，像是從來沒認識過這人一樣，好像篤驀然走了，對他的生活一點也沒有影響。

葉闌珊依然經常去撞球館，打打球、跟熟人寒暄幾句，可只要有人勸酒，他總是拒絕。葉闌珊酒量差，酒品更差，一喝醉就笑。以往篤驀然在的時候，總是邊狂笑邊把葉闌珊的糗態拍下來，等到打烊了，人都散了之後，再扶著葉闌珊回宿舍。

他們感情之好，大夥都看在眼裡，可怎麼葉闌珊原來這樣無情？

後來有次一個女生朋友在撞球館辦生日會，唱完生日歌，一個男生突然衝進來，在女生面前單膝下跪，說，我喜歡妳，跟我在一起吧。

眾人歡呼。

葉闌珊看了這一幕，默默地把桌上整瓶酒都乾了。

19

散會之後，一群人七手八腳扶著路都走不穩的葉闌珊回去，經過那座電話亭的時候，葉闌珊停下來了。

那天晚上，所有在場的人都看著他鑽進了那個小小的電話亭，拿起早已沒有連在話機上的話筒，投入一個遊樂場代幣，撥出一個註定不會有人接聽的號碼。

他蹲在電話亭裡，說了一個晚上，沒人知道他說了些什麼，可是，他笑得很開心。

20

葉闌珊一直在等篤驀然回頭。

只要他驀然回首，他就會看見有個人一直等在燈火闌珊處，正遠遠地朝他招手。

就算全世界都放棄他了，葉闌珊也會繼續等下去，因為，他喜歡篤驀然。

不管你變成什麼樣子，我都會等你，我會等你回頭，等你醒悟，然後，我們還要一起走下去。

「所以篤驀然，你回頭看看我，好不好……」

葉闌珊說完，終於忍不住倚著玻璃門低聲哭了起來。

（番外完）

後知後覺

怪人跟怪人

↑阿福的碎片

高下立判

跟車子講話又怎樣？我對狼狼的愛，
絕對比妳對那個死人骨頭還要多！
什麼！

我可是每天都和阿福一起吃飯喔！
那又怎樣，我也是啊！
我還會跟阿福一起旅行！
我也是啊！

還有，我會跟阿福一起睡覺喔！

可、可惡，我輸了！
沒有辦法跟車子睡覺啊！！

可實現的理想

串哥，問你一件事。
啥？

你有試過跟你的車一起睡覺嗎？
哈哈……
應該不可能吧……

有喔。
真的有？怎麼睡的！

就像這樣趴在上面睡。
醒來後會全身酸痛。
哇靠！超猛的！不愧是串哥！
＊有興趣可以試試看喔

怪談

申哥！能不能把安全帽脫下來一下！
好想看！

嗯……
既然你都這樣求我了……

啵
拔起來。

啊啊啊啊啊
驚醒！

後輩的自覺

小孫！你叫我一聲學姊嘛！
蛤？爲什麼！我才不叫！

拜託啦！人家好想聽！
一次就好嘛！小孫孫❤
好啦我叫就是了！

學……
學姊……

唔。
心動了嗎？
心動了吧！

理所當然的

新鮮感

其實偶像當久了，眞的會迷失自我。

是喔？

打廣告

故事到這裡告一段落，感謝你購買了這本書！
哈囉，我是第二章出場的劉白喔！
劉白

你們一定很好奇我爲什麼會坐在這裡吧！其實我是另一個系列的主角喔！消波塊也有在裡面客串！
消波塊

這是我的主場欸！你給我閉嘴！
我的系列叫《今宵有鬼，莫熄燈》！
上網找就看得到喔！

完結感謝
我們有緣再見囉！

撩妹

眞沒想到妳扮男裝這麼適合。
不錯吧~
啊！是李大千！
慘了！被人認出來了！

沒辦法了，快說幾句撩妹台詞來鞏固妳的形象啊！
撩、撩妹？
好吧！

妳的皮膚眞漂亮，就和我家廁所的牆壁
一樣潔白無暇……

石化。

【後記】

哈囉你好，雖然不知道你是誰、是在什麼地方、以什麼樣的心情看完的，但還是很謝謝你！

這是我的第一本商業誌，以往都只有在網路上連載，所以這可以說是第一次走出自己的舒適圈，真的是既期待又怕受傷害啊。不知道你看的過程中，有沒有笑出來呢？如果有，那就太好了……

其實本來沒有打算要寫後記的，只是覺得有幾件事情不得不說一下。

雖然這本書沒有標註「第一集」，但這個系列還沒有結束！沒錯！我會寫第二集！

第二集的內容是關於當紅的一個恐怖推理小說家，留下遺書不知去向的故事，遺書中寫的地點，是一幢位於半山腰上的日式風格山莊。被暴雨所困的人們聚集在那裡，詭異、陰森、靈異的事件陸續發生……沒錯，暴風雨山莊的經典模式，加上一些喜劇效果，孫莫凡要從快遞躍升為作家助手，跟隨他的苦命編輯一起解開作家留下的謎團。（以上為預定內容，有可能會變更。）

嗯？你問我哪裡可以看第二集？

請上FB搜尋「北府客棧店小二」，最新劇情將會在粉絲專頁連載，不定時還會追加小漫畫，本人的作品雖然不敢說品質保證，但一定是有始有終，絕不棄坑，請您放心食用。

說到作品……其實我是寫鬼故事起家的，沒想到出道作居然完全沒有鬼，真是人算不如天算。如果你喜歡看鬼故事，又很怕鬼的話……可以去搜尋一下《今宵有鬼，莫熄燈》，保證不恐怖，而且很好笑。
再來就是，本系列永遠歡迎任何形式的同人創作！
雖然我自己講好像很不要臉，但是！我還是要講！我才沒有在期待喔！我只是講講而已，沒別的意思，真的喔！
最後的最後，感謝編輯喬齊安先生pick了我的稿子、回答我這隻菜逼八各式各樣的奇葩問題，讓這本書得以以最完美的面貌跟廣大群眾見面，真的辛苦了，希望日後還能再合作！
還有封面的大功臣六百一老師，耐心地跟著龜毛的我修修改改，收到完整圖的當下，真的興奮到想要用兩條腿跑仰德大道。
然後是替我寫推薦序的老師們，在我厚著臉皮拜託時一口就答應了（真的一絲猶豫都沒有）我簡直要痛哭流涕……
當然，還有一直支持我的老媽、從我在網路上打滾時就一直默默支持著我的讀者們、關聖帝君，以及買下這本書的你。（對，關聖帝君就是那個關聖帝君，如果不是祂給了我一支超好的籤，我可能根本提不起勇氣投稿吧……）
就這樣吧，我們有緣再會！如果你喜歡這本書，請不要吝嗇幫我推薦給你的親朋好友，一起散播歡樂散播愛！掰掰！

釀冒險36　PG2360

叮咚！您的包裹請簽收

作　　者　北府店小二
內文插畫　北府店小二
封面插畫　六百一
責任編輯　喬齊安
圖文排版　周怡辰
封面設計　蔡瑋筠

出版策劃　釀出版
製作發行　秀威資訊科技股份有限公司
114 台北市內湖區瑞光路76巷65號1樓
電話：+886-2-2796-3638　傳真：+886-2-2796-1377
服務信箱：service@showwe.com.tw
http://www.showwe.com.tw
郵政劃撥　19563868　戶名：秀威資訊科技股份有限公司
展售門市　國家書店【松江門市】
104 台北市中山區松江路209號1樓
電話：+886-2-2518-0207　傳真：+886-2-2518-0778
網路訂購　秀威網路書店：https://store.showwe.tw
國家網路書店：https://www.govbooks.com.tw
法律顧問　毛國樑　律師
總 經 銷　聯合發行股份有限公司
231新北市新店區寶橋路235巷6弄6號4F
電話：+886-2-2917-8022　傳真：+886-2-2915-6275

出版日期　2020年1月　BOD一版
定　　價　330元

Printed in Taiwan

國家圖書館出版品預行編目

叮咚!您的包裹請簽收 / 北府店小二著. -- 一版.
-- 臺北市 : 釀出版, 2020.01
面 ; 公分. -- (釀冒險 ; 36)
BOD版
ISBN 978-986-445-372-6(平裝)

863.57 108021413

讀者回函卡

感謝您購買本書，為提升服務品質，請填妥以下資料，將讀者回函卡直接寄回或傳真本公司，收到您的寶貴意見後，我們會收藏記錄及檢討，謝謝！如您需要了解本公司最新出版書目、購書優惠或企劃活動，歡迎您上網查詢或下載相關資料：http:// www.showwe.com.tw

您購買的書名：________________________________

出生日期：________年________月________日

學歷：□高中（含）以下　□大專　□研究所（含）以上

職業：□製造業　□金融業　□資訊業　□軍警　□傳播業　□自由業

□服務業　□公務員　□教職　□學生　□家管　□其它______

購書地點：□網路書店　□實體書店　□書展　□郵購　□贈閱　□其他

您從何得知本書的消息？

□網路書店　□實體書店　□網路搜尋　□電子報　□書訊　□雜誌

□傳播媒體　□親友推薦　□網站推薦　□部落格　□其他__________

您對本書的評價：（請填代號　1.非常滿意　2.滿意　3.尚可　4.再改進）

封面設計____　版面編排____　內容____　文／譯筆____　價格____

讀完書後您覺得：

□很有收穫　□有收穫　□收穫不多　□沒收穫

對我們的建議：________________________________

____

____

____

請貼
郵票

11466
台北市內湖區瑞光路 76 巷 65 號 1 樓

秀威資訊科技股份有限公司 收

BOD 數位出版事業部

（請沿線對折寄回，謝謝！）

姓　　名：＿＿＿＿＿＿＿＿ 年齡：＿＿＿＿ 性別：□女　□男

郵遞區號：□□□□□

地　　址：＿＿＿＿＿＿＿＿＿＿＿＿＿＿＿＿

聯絡電話：(日) ＿＿＿＿＿＿＿＿ (夜) ＿＿＿＿＿＿＿＿

E-mail：＿＿＿＿＿＿＿＿＿＿＿＿＿＿＿＿